Le secret du Cambodge

MAISEY YATES

Le secret du Cambodge

Traduction française de
MARIE BACHÉ

AZUR

HARLEQUIN

Collection : Azur

Titre original :
THE SECRET THAT SHOCKED CINDERELLA

HARPERCOLLINS FRANCE
83-85, boulevard Vincent-Auriol, 75646 PARIS CEDEX 13
Service Lectrices — Tél. : 01 45 82 47 47 - www.harlequin.fr
ISBN 978-2-2804-8747-4 — ISSN 0993-4448

Composé et édité par HarperCollins France.
Imprimé en mars 2023 par CPI Black Print (Barcelone)
en utilisant 100% d'électricité renouvelable.
Dépôt légal : avril 2023.

MIXTE
Papier issu de sources responsables
FSC® C159065

Pour limiter l'empreinte environnementale de ses livres, HarperCollins France s'engage à n'utiliser que du papier fabriqué à partir de bois provenant de forêts gérées durablement et de manière responsable.

1.

Pour la première fois de sa vie, Riot Phillips avait agi spontanément. Sans se douter du pétrin dans lequel elle allait se retrouver.

Son prénom, qui évoquait la rébellion en langue anglaise, n'avait jamais reflété sa personnalité. D'un tempérament doux et gentil, elle passait le plus clair de son temps à tenter de réparer les dégâts causés par sa mère irresponsable. Vider son compte d'épargne sur un coup de tête pour partir au Cambodge n'était donc pas du tout dans ses habitudes.

Mais c'était sans compter sur la fantaisie contagieuse de Jaia, sa colocataire. Le genre de filles à arborer un piercing dans le nez et à se faire tatouer dès qu'elle en avait l'occasion. Et quand Jaia lui avait proposé de l'accompagner à Angkor Wat pour explorer les temples et mener une quête spirituelle en compagnie de vieilles amies du lycée, Riot n'avait pas hésité longtemps.

Elle avait jeté un œil à son passeport et à sa valise, qui n'avaient jamais servi, et décidé qu'elle serait du voyage.

Celui-ci s'était déroulé sans encombre jusqu'à ce que les deux filles retrouvent les amies en question, Lilith et Marcianne, qui s'étaient révélées être encore plus dévergondées que Jaia. À partir de là, tout était devenu plus insouciant, moins organisé et très alcoolisé.

Au bout de deux jours, Riot n'en pouvait plus. Les hôtels dans lesquels les jeunes femmes avaient séjourné ne ressemblaient à rien – l'un d'eux était une sorte de hutte dans les arbres – et tout avait empiré quand Jaia et ses copines avaient commencé à flirter avec leurs voisins de chambre.

Riot n'avait pas immédiatement compris pourquoi les murs tremblaient dans la pièce à côté et c'est Lilith, ivre, qui l'avait fait rougir en lui en expliquant la raison…

Dieu merci, les paysages étaient somptueux et les filles avaient passé des journées incroyables à explorer différentes villes.

Quand elles arrivèrent enfin à Siem Reap, la cité la plus proche des temples d'Angkor Wat, elles apprirent que leur hôtel était complet. Marcianne réussit à convaincre un homme rencontré dans un bar de les accueillir dans sa chambre pour le premier soir.

Riot ne ferma pas l'œil de la nuit, terrifiée.

Mais en arrivant sur le site archéologique le lendemain, elle oublia tous les drames et le chaos des derniers jours tant les lieux étaient magnifiques et empreints de sérénité. Tellement plus vastes et empreints de spiritualité que sa petite ville natale de Géorgie !

Ces pierres ancestrales contenaient plus de vie et d'esprit que tout ce qu'elle avait jamais connu et quand elle respirait, elle avait l'impression de le faire vraiment pour la première fois.

Puis il se mit soudain à pleuvoir.

Pas une simple averse, mais une pluie torrentielle.

L'air était épais et vaporeux et Riot eut beau tenter de trouver un abri, sa robe fut trempée en quelques secondes. C'est alors qu'elle se rendit compte qu'on l'avait oubliée.

Le tuk-tuk que le groupe avait loué n'était plus là, tout comme Jaia, Lilith et Marcianne.

Riot sortit du temple dans lequel elle s'était réfugiée et descendit les marches en courant. Soudain, les imposantes structures en pierre qui l'entouraient lui semblèrent plus inquiétantes que paisibles.

La pluie avait chassé tout le monde… Elle était seule.

La jeune femme fut assaillie par un millier de souvenirs douloureux provenant de son enfance.

Elle sortit son téléphone pour appeler Jaia mais elle tomba directement sur sa messagerie. Elle tenta de la joindre à plusieurs reprises tandis que l'eau ruisselait sur son visage.

En vain.

Un peu désespérée, elle retourna dans le temple pour s'abriter et pénétra dans un long couloir partiellement ouvert sur l'extérieur. Elle n'avait pas froid, mais elle était totalement trempée. Elle baissa la tête et toucha les murs en pierre humides en se demandant si être abandonnée au Cambodge était vraiment différent ou spécial par rapport à ce qu'elle avait vécu chez elle.

Évidemment. Ici, tu ne sais pas comment t'en sortir. Toute la différence est là.

Voilà où cela l'avait menée d'agir sans réfléchir. Elle aurait dû savoir que ce mode de vie ne lui correspondrait jamais. Puis elle leva les yeux et se figea.

Elle n'était plus seule.

Un homme se tenait là, debout. Des rideaux de pluie les séparaient, empêchant Riot de le distinguer correctement, mais elle aurait pu jurer qu'il portait une chemise blanche et un costume sombre, comme s'il sortait d'une réunion de travail.

Au milieu des ruines d'un temple. Par ce temps.

Il était grand. Du moins, il semblait grand de là où elle se tenait.

C'était impossible à dire à cette distance.

Il avait les mains dans les poches, une posture qui dénotait la confiance plus que la décontraction, sans qu'elle sache vraiment pourquoi elle le devinait.

Elle aurait dû s'enfuir.

Elle était seule, sous la pluie, vêtue d'une robe qui lui collait à la peau, comme si elle était nue face à cet homme étrange… Enfin, pas totalement étrange mais en tout cas inconnu.

Mais où aurait-elle pu aller ?

Elle resta donc là, immobile.

Et c'est lui qui se déplaça pour venir à elle, d'une démarche souple et silencieuse.

Tel un tigre traquant sa proie.

Alors qu'il s'approchait, ses traits devinrent plus nets. Il avait les cheveux noirs et la peau brun doré. Son visage sculpté, ses pommettes saillantes et son nez droit lui donnaient un air dangereux.

Son regard sombre était fascinant, comme le reste de son corps.

Une fois de plus, Riot se dit qu'elle ferait mieux de se sauver et pourtant, elle ne le fit pas.

Elle ne s'était pas trompée : il était grand. Ce constat déclencha une nouvelle alarme dans son esprit car elle avait aussi probablement raison sur le fait qu'il était un prédateur.

Mais elle ne bougea pas.

Comment échapper à un tigre ?

Tandis qu'elle hésitait toujours entre lui parler ou prendre ses jambes à son cou, l'homme prit soudain la parole.

— Êtes-vous perdue ?

En entendant sa voix basse et profonde, Riot fut partagée entre l'envie de se recroqueviller sous l'effet de la peur ou, au contraire, de s'approcher davantage de lui.

— Pas du tout, répondit-elle, et elle eut le sentiment que ses paroles étaient absorbées par la densité de la jungle et des pierres qui l'entouraient.

Elle se sentit toute petite.

— Est-ce que vous allez bien ?

— Mes amies sont parties sans moi, murmura-t-elle en se maudissant d'avouer à cet inconnu qu'elle était seule et vulnérable.

— Je sais qu'il n'y a personne d'autre que nous, ici.

— Et vous, pour quelle raison êtes-vous là ? demanda-t-elle sur un coup de tête, avant de regretter aussitôt son audace.

Pourquoi diable engageait-elle la conversation avec l'homme-tigre ?

— Je me promenais… J'habite tout près.

— En costume ? Vous étiez à un enterrement, peut-être ?

Il baissa la tête et plongea ses yeux sombres dans les siens.

— En effet.

— Oh ! je suis désolée…

Il haussa les épaules et fit un pas dans sa direction. Elle s'était dit que, de plus près, il lui paraîtrait moins grand, moins puissant, moins beau.

Mais ce n'était pas le cas. Loin de là…

— Être désolée n'aide en rien, fit-il.

— Il ne s'agit pas d'aider mais de faire sentir à quelqu'un qu'il n'est pas seul.

Or, seuls, ils l'étaient.

Ensemble.

La pluie continuait à tomber et sa robe était entièrement collée à son corps. Elle se rappela soudain en rougissant qu'elle n'avait pas mis de soutien-gorge et que cela devait forcément se voir.

Comme s'il avait suivi le fil de ses pensées, l'homme baissa les yeux vers sa poitrine et l'intensité de son regard fit naître en elle une vague de chaleur.

Il dégageait quelque chose de mystérieux. Riot avait l'impression de le connaître sans l'avoir jamais vu. Elle se méfiait de lui autant qu'il l'attirait et ce mélange de puissance et de danger était troublant.

Mais étrangement, elle se sentait plus en sécurité avec lui qu'elle ne l'avait jamais été auparavant.

Soudain, elle comprit.

Le danger était en elle.

Comme s'il avait éveillé un aspect de sa personne dont elle ignorait jusque-là l'existence.

— Dans ce cas, si je ne suis pas seul, expliquez-moi, je vous prie : quel genre d'amies abandonnent l'une des leurs en plein milieu de la mousson ?

Que faire sinon se confier à lui ? Il était son seul moyen de retourner à la civilisation. Son portable n'avait plus de batterie et elle ne pouvait pas compter sur ses copines excentriques, alors qu'avait-elle à perdre ?

Riot prit une grande inspiration.

— Je ne pense pas qu'elles soient réellement des amies.

En prononçant ces mots, elle comprit que c'était la pure vérité.

— Ça me semble évident.

— Jaia est, ou plutôt elle était ma colocataire. Les deux autres sont ses anciennes camarades de lycée et, à partir du moment où on s'est retrouvées avec elles…

— Les anciennes amies ont pris le pas sur la nouvelle. Je vois…

— Je suppose que oui. En fait, je ne m'étais jamais aperçue que Jaia était… fêtarde à ce point. Tout notre voyage a été chaotique et dès qu'il s'est mis à pleuvoir, elles ont disparu. Ou alors elles ont rencontré des hommes et ont fichu le camp avec eux, qui sait ?

— Personne ne s'est assuré que vous alliez bien ?

— Je suis tellement bête, j'étais concentrée sur ce que nous avions prévu de faire et je n'ai pas prêté attention aux autres. J'étais en train de… Ça semble idiot maintenant.

— En train de ?

— J'ai vu ça comme une occasion de connaître un moment spirituel.

Il devait certainement la prendre pour une bécasse, ce qu'elle était, au fond. Pourtant, aussi stupide que cela puisse paraître, elle ressentit le besoin d'être comprise par cet homme, ce qui l'incita à poursuivre.

— Je voulais me retrouver. Ma vie n'a pas été très… facile et je cherchais un endroit où… où me ressourcer. J'ai économisé dans l'espoir de vivre une expérience nouvelle et de nourrir mon âme durant ce séjour.

— Je suis venu ici pour la même raison, dit-il en levant la tête.

Les gouttes de pluie coulaient le long de son visage et

quand il plongea à nouveau les yeux dans les siens, elle eut le sentiment qu'il voyait au plus profond d'elle.

— Oh.

Ce qu'elle avait dit n'était pas si idiot que ça, tout compte fait, puisqu'il semblait la comprendre.

Elle soupira, soulagée.

— Je m'appelle Riot, reprit-elle. Riot Phillips.

Il lui adressa un sourire franc qui ne le rendit pas moins intimidant.

— Krav.

Il ne déclina pas son nom de famille. Simplement Krav.

— Et donc, vous habitez dans le coin ?

— Je vis dans beaucoup d'endroits selon ce qui me convient. J'ai une maison ici et j'y réside actuellement.

Il ne ressemblait pas aux vagabonds bohèmes qu'affectionnait Jaia. Et il venait d'assister à un enterrement, d'où ce costume. En le regardant, Riot pensa qu'il n'était pas le genre d'homme à porter des costumes. Sa place était plutôt ici, au milieu des pierres, dans la jungle. Sous la pluie.

— Êtes-vous là… pour les funérailles ?

— Oui. Je suis arrivé il y a quelques semaines, quand il est devenu clair que ma mère ne tiendrait plus très longtemps encore.

Elle sentit son sang se glacer.

— Votre mère ? Oh ! je suis vraiment désolée…

Même si ce n'était pas son cas, Riot savait que la plupart des gens aimaient tendrement leur mère. Pour être honnête, elle-même était attachée à la sienne. C'est ce qui rendait les choses si difficiles…

Si elle n'avait rien ressenti, tout aurait été plus simple.

— C'est la vie, dit-il d'un air sombre. Du moins une partie de la vie. Et je ne me sens jamais plus conscient de cela et connecté à elle que lorsque je suis ici, au milieu de ces ruines.

Il avait retrouvé sa voix de tigre.

Riot frissonna malgré elle. La température extérieure était

douce mais le tissu mouillé de sa robe la refroidissait de plus en plus.

— Venez avec moi, reprit-il. Vous êtes trempée jusqu'aux os. J'habite à deux pas d'ici.

— À deux pas d'ici ? répéta-t-elle, un peu confuse.

— Oui. Juste derrière ces arbres.

— Mais…

— Suivez-moi.

Riot obtempéra, ne sachant que faire d'autre. Et aussi parce que l'idée même de ne pas l'accompagner la remplissait d'un sentiment de tristesse indéfinissable.

Lorsqu'ils quittèrent les temples, Krav s'enfonça dans la jungle et la densité des feuillages l'avala tout entier. Elle le suivit et ils cheminèrent quelques instants en silence.

— Je n'ai pas l'impression qu'il y ait…

Elle s'interrompit, le regard attiré par une lueur, et elle leva les yeux, incapable de prononcer un mot de plus.

C'était une maison perchée dans les arbres. Rien à voir avec l'affreuse hutte dans laquelle elle avait séjourné la semaine précédente. Cette cabane semblait tout droit sortie d'un autre monde. Elle était posée sur un sanctuaire en pierre cerné de piliers majestueux et entourée des racines d'un banian géant qui semblait soutenir le tout comme une mère bercerait un enfant. Ils gravirent un escalier qui s'enroulait autour de l'arbre, traversant la canopée jusqu'à les mener à la maison, entourée d'une vaste terrasse. Krav conduisit Riot devant une porte qui s'ouvrit comme par magie. Cette dernière, comme tout l'intérieur de la maison, était ornée de sculptures délicates qui rappelaient les fresques des temples d'Angkor. De grandes tapisseries étaient accrochées aux murs. Le salon chaleureux était garni de grands coussins moelleux et il y avait une petite cuisine sur le côté de la pièce.

— Un instant, dit Krav.

Il disparut quelques instants avant de revenir avec une robe de chambre en soie accrochée à un cintre.

— Vous devriez mettre quelque chose de sec. Je peux faire sécher votre robe.

— Oh ! je…

Le cœur de Riot battait la chamade sans qu'elle comprenne pourquoi.

— Vous pouvez vous changer là-bas, poursuivit-il en désignant de la main une pièce sur la gauche.

Elle s'efforça de calmer le tumulte de son esprit. Elle devait appeler un taxi. Ou alors, lui demander s'il pouvait la raccompagner… mais où ? Les filles n'avaient même pas réservé d'hôtel. Qu'à cela ne tienne, elle en trouverait un elle-même. Après tout, elle devait accepter le fait qu'elle ne pouvait plus compter sur l'aide de Jaia et ses amies.

Il n'y avait plus qu'à patienter, le temps que sa robe sèche. Riot accepta donc avec gratitude le vêtement sec que Krav lui proposait et elle se rendit à l'endroit qu'il avait désigné. Là, elle contempla la salle de bains, qui était moderne et bien plus somptueusement aménagée que ce qu'elle aurait pu imaginer d'une cabane dans les arbres.

Mais qui était donc cet homme ?

Elle se déshabilla lentement et frissonna en sentant le fin tissu de sa robe glisser contre sa peau jusqu'au sol. Elle prit conscience qu'elle se tenait nue dans la salle de bains d'un inconnu et, sans pouvoir s'en empêcher, elle se mit à rire.

Même si ce n'était pas l'aventure qu'elle avait imaginée, c'en était une malgré tout. Et peut-être était-ce suffisant.

La robe en soie dorée était somptueusement décorée de grues qui prenaient leur envol au milieu d'un paysage époustouflant. Riot n'avait jamais accordé beaucoup d'importance à son apparence. Être belle ne l'aidait pas à survivre. Au pire, cela attirait l'attention de types dont elle ne voulait pas. Mais en cet instant, dans cet endroit étrange au milieu de la jungle, elle se sentit belle.

Cela aurait peut-être dû l'inquiéter, dans la mesure où elle était seule avec un homme qu'elle ne connaissait pas. Pourtant, elle n'avait pas peur.

Krav était toujours un tigre mais elle ne le craignait pas.

Elle sortit lentement de la salle de bains en ajustant les pans de la robe de chambre autour de sa poitrine.

Et il était là, vêtu simplement d'un pantalon de soie bleue. Riot le contempla, fascinée par la vision de son torse nu et de ses muscles puissants et sculptés, brillant dans la lumière. Il était allongé sur les coussins, une théière fumante et deux tasses posées devant lui. Il lui fit penser davantage à un dieu qu'à un humain. Jamais elle n'avait vu d'homme aussi beau.

Il avait dit qu'il s'appelait Krav, un prénom qu'elle n'avait jamais entendu auparavant. Son accent n'était pas cambodgien mais elle ne parvenait pas à définir ses origines. En revanche, elle distinguait l'héritage de ce beau pays sur les traits de son visage. Il avait l'air de quelqu'un qui pourrait être à sa place partout et nulle part à la fois. Comme s'il pouvait s'approprier n'importe quelle culture.

Et en même temps… être toujours à part.

Trop singulier pour se mélanger au monde.

— Venez, dit-il. Un thé chaud vous fera du bien.

Dehors, la pluie continuait à tomber avec insistance.

— Merci.

Elle s'approcha et prit place sur les coussins en face de lui.

— Donc, vous êtes venue ici pour une quête spirituelle, enchaîna-t-il. Vous vous imaginiez que prendre des selfies dans une ruine sacrée pourrait vous faire gagner de l'influence sur les réseaux sociaux ?

Riot secoua la tête en riant.

— Non, fit-elle. Les réseaux sociaux ne sont pas du tout mon truc. Je n'avais jamais voyagé auparavant et ça m'a semblé être une chance incroyable.

Elle était sur le point de plaisanter sur la façon dont les choses s'étaient déroulées et le fait que ce voyage était un fiasco, mais elle s'abstint car en vérité… cela se passait divinement bien.

Jamais elle n'oublierait cet instant, assise dans cette maison, avec les yeux de cet homme rivés sur elle, lui accordant plus d'attention qu'elle n'en avait jamais reçu, du moins dans son souvenir. C'était comme si elle vivait par inadvertance l'aventure pour laquelle elle était venue.

Comme si Krav était l'aventure.

Celui-ci remplit une tasse et la lui tendit. Quand leurs doigts s'effleurèrent, Riot fut parcourue d'une vague de chaleur qui n'avait rien à voir avec la température du thé.

— Vous êtes une étrange personne, murmura-t-il alors qu'elle portait le breuvage à ses lèvres.

— Vraiment ? répondit-elle en reposant rapidement sa tasse. Je me trouve plutôt ordinaire.

— Comment une femme appelée Riot peut-elle se trouver ordinaire ?

— Mon nom a été mal choisi, expliqua-t-elle. Cela suggère une personnalité survoltée alors que je ne le suis pas du tout. De nous deux, c'était ma mère, l'enfant. Je n'ai jamais eu le loisir de l'être.

— Je vois.

— Ce prénom lui siérait mieux à elle.

— Vous pourriez le changer, suggéra-t-il doucement.

— Oui. Même si c'est une sorte de défi pour moi de le conserver, tout en restant moi-même.

Krav esquissa un sourire.

— Je comprends parfaitement.

Elle sirota son thé tandis qu'ils poursuivaient leur discussion et Riot fut surprise de constater leur connivence. Alors qu'ils semblaient ne rien avoir en commun, elle avait le sentiment qu'il pouvait la comprendre mieux que n'importe qui d'autre.

Les heures s'écoulèrent sans qu'ils abordent des sujets plus profonds que leurs plats et leur saison préférés ou d'autres éléments de leur personnalité.

Mais leurs échanges étaient sincères et authentiques.

Et quand il se pencha pour l'embrasser, il n'était plus un inconnu. Riot le connaissait mieux que quiconque auparavant.

C'était Krav.

L'homme qui vivait dans les arbres.

Qui avait perdu sa mère.

Et qui l'embrassait comme dans un rêve alors que c'était bien réel.

Tellement réel. Chaud et intense, presque insupportable. Il brûlait et elle aussi. Comme si le tigre l'avait prise pour lui, pas pour la dévorer, mais pour la réclamer.

C'était la première fois qu'elle recevait un tel baiser. Car jamais jusqu'alors elle n'avait fait confiance aux hommes. Ces derniers n'avaient-ils pas gâché la vie de sa mère ?

Riot avait donc opté pour l'indépendance. Et la liberté. Pourtant, en embrassant cet inconnu dans les arbres, elle se sentait libre comme jamais.

D'un geste expert, il lui caressa la joue, faisant naître en elle une vague de chaleur qui se propagea à travers tout son corps. Jusqu'à sa poitrine, jusqu'entre ses cuisses. Jusqu'à ce qu'elle brûle, tout entière.

— Krav…, chuchota-t-elle.

Il plongea ses yeux sombres dans les siens et elle ne put réprimer un frisson. Elle comprenait maintenant pourquoi les gens prenaient des décisions folles au nom du désir. Pourquoi Jaia s'emballait sans arrêt pour des garçons. À présent, le fait d'avoir suivi cet étranger jusque chez lui, sous la pluie, lui semblait être parfaitement sensé, même si au fond de son esprit, elle savait que ça ne l'était pas.

Plus que sensé, c'était surtout nécessaire. D'écarter ses lèvres pour lui donner un meilleur accès. De le laisser glisser sa langue contre la sienne et la goûter comme si elle était un mets exquis.

D'ailleurs, ne se sentait-elle pas elle-même comme un dessert gourmand ? Et que dire de cet incendie qui faisait rage en elle ? Elle n'avait jamais rien ressenti de tel…

Il tira doucement sur l'étoffe de sa robe et le tissu glissa, révélant son épaule puis son sein. Elle aurait dû être choquée mais tout lui semblait naturel.

Son téton durcit sous le regard brûlant de Krav.

Jamais elle n'avait cherché à attirer le regard d'un homme auparavant. Et être soudainement au centre de son attention était quelque chose qu'elle pouvait à peine comprendre, et encore moins espérer.

Et c'était tout. Il était tout. C'était le moment.

Soudain, elle comprit.

C'était la raison pour laquelle elle était là.

Peut-être même était-ce pour cela qu'elle était venue au monde.

Pour se sentir belle entre les mains de cet homme. Goûter le plaisir délicieux que lui procuraient ses lèvres chaudes qui passaient dans son cou, sur son épaule, sur son sein. La façon dont, du bout de la langue, il fit le tour de son téton avant de l'aspirer profondément dans sa bouche.

Elle pencha la tête en arrière et gémit doucement. Elle n'avait pas vraiment compris ce qu'était le plaisir jusqu'à cet instant. L'excitation, bien sûr. Mais là, c'était différent. Plus fort.

C'était lui qui avait le contrôle. Lui qui lui donnait ce plaisir. Déterminant le rythme et la pression.

C'était profond et glorieux.

Et le fait de lui laisser ce pouvoir la rendait d'une certaine manière encore plus puissante.

Riot passa les bras autour de son cou et l'embrassa sur la joue. Il s'écarta légèrement et lui lança un regard brûlant d'intensité. Puis il l'embrassa à nouveau sur la bouche. Presque violemment. Et, guidée par les bras puissants de Krav, elle se laissa tomber sur les coussins. Comme si elle flottait, en apesanteur.

Leur baiser était si ardent qu'elle ne put s'empêcher de rire. Peut-être allait-il la croquer, après tout…

Cette pensée légère se transforma en brasier ardent lorsqu'il commença à déposer des baisers le long de son corps, écartant au fur et à mesure les pans de sa robe jusqu'à se trouver entre ses cuisses. Il jeta un regard affamé sur son sexe dénudé. Puis il y posa la bouche.

Riot se cambra contre lui, tandis qu'un cri montait dans sa gorge. C'était au-delà de ses fantasmes. Au-delà de tout. Le tigre était bel et bien venu pour la dévorer.

Et elle avait eu raison de ne pas fuir.

La langue et les doigts de Krav créèrent leur magie en elle. Il la laissa, essoufflée, se tordre sous lui et supplier. Remettre en question des concepts auxquels elle n'avait même jamais pensé auparavant, tandis que de la langue il explorait savamment le cœur de son intimité.

Il glissa les mains sous ses fesses et la souleva légèrement, comme une offrande païenne, tout en poursuivant ses caresses.

L'orgasme envahit Riot comme une vague merveilleuse et elle retomba, épuisée et haletante, s'efforçant de s'accrocher à quelque chose, n'importe quoi qui la maintiendrait sur terre.

Mais il n'y avait que Krav.

Puis il se tint au-dessus d'elle, son regard sombre rivé au sien, et elle s'aperçut qu'il était nu à présent, son corps doré et musclé semblant briller dans la lumière tamisée de la pièce. Elle aurait aimé le contempler longtemps ainsi mais quand il s'installa entre ses cuisses, ses pensées s'envolèrent.

Au moment où il la pénétra, elle ressentit une douleur fugace qu'il ne sembla pas remarquer. Il ne fallut pas longtemps pour que la sensation de souffrance s'estompe, laissant place au même plaisir qu'il lui avait fait découvrir avec sa bouche. Non, pas tout à fait le même… C'était différent.

Ils étaient connectés. N'avait-elle pas eu l'impression de le connaître mieux que quiconque quelques instants auparavant ?

Mais ce n'était rien comparé à ça.

Ils ne faisaient qu'un. Et l'infinie beauté de cet instant lui donna envie de pleurer. Comment imaginer qu'une communion aussi belle puisse être négociée à bas prix dans des clubs ?

C'était tout simplement impensable.

Ce qu'ils vivaient tous les deux n'avait rien de facile ou de vulgaire.

C'était beau, magique. Cela avait un sens. Et Riot qui, tout au long de sa vie, à chaque tournant, avait eu le sentiment d'être une erreur, savait qu'elle était à sa place. Il avait besoin d'elle pour vivre cela.

Il avait besoin d'elle maintenant.

Quand il se mit à trembler en même temps qu'elle, lorsque leurs désirs s'allièrent dans une course désespérée, elle sut qu'elle ne s'était jamais sentie aussi entière. Aussi complète.

Comme si elle avait trouvé sa place dans ce monde.

Puis son plaisir devint un objet vivant, la projetant vers les étoiles avant de la ramener sur terre dans un tourbillon de paillettes tandis que les bras puissants de Krav la tenaient en équilibre, l'empêchant de s'effondrer complètement.

Elle s'accrocha à lui, ses mouvements devenant frénétiques et, quand il trouva la libération, elle atteignit des sommets de plaisir inexplorés jusqu'alors.

À ce moment-là, il avait besoin d'elle.

Comme c'était incroyable de se sentir aussi vivante…

Krav eut besoin d'elle tant de fois cette nuit-là qu'elle perdit le compte. Sur les coussins du salon, puis dans sa chambre, sur le grand lit à baldaquin.

Krav était un rêve. Un fantasme.

Un songe dont elle ne voulait pas sortir.

Lorsque le matin arriva, il la regarda comme si elle était une apparition divine.

Alors, elle resta.

Les jours et les nuits s'écoulèrent dans ce tourbillon de sensations merveilleuses.

Quand Riot parvint enfin à joindre Jaia, elle lui annonça qu'elle ne poursuivrait pas le voyage avec elle.

Car elle avait rencontré un homme.

C'était tellement satisfaisant d'être celle qui avait trouvé quelqu'un. Celle qui vivait une liaison brûlante et délicieuse.

Celle qui tombait amoureuse.

Krav était magnifique. Son tigre. Celui qui avait pris tout ce qu'elle croyait savoir d'elle et qui avait révélé des trésors inconnus.

Ils restèrent ainsi dans la cabane en bois quelque temps. Puis, il l'emmena dans un hôtel luxueux de Siem Reap et il réserva une table dans l'un des restaurants les plus chics du pays où on leur servit des mets extraordinaires.

— Nous devrions aller en Europe, dit-il un matin.

Riot avait quitté son job de serveuse avant le voyage. Il restait l'appartement, mais il n'y avait rien à régler avant le moment où elle et Jaia étaient censées revenir du Cambodge.

Alors pourquoi ne pas faire ses bagages et partir avec lui ? N'importe où. Partout.

— Il y a tant de choses que j'ignore à ton sujet, alors que tu sais tout de moi, répondit-elle.

— Sûrement pas tout, fit-il en souriant avant de lui tendre une bouchée de fondant au chocolat. Je suis certain qu'il y a encore beaucoup à découvrir.

— Je crois t'avoir déjà tout montré, répliqua-t-elle en rougissant.

Elle se montrait impudique avec lui et cela lui plaisait. Il la consumait de l'intérieur et elle aimait cette inconnue qu'elle devenait à son contact. Cette femme sauvage et sensuelle qui ne reculait devant aucune limite et qu'il pouvait enflammer d'un simple regard.

Mais Riot savait qu'elle vivait dans un rêve qui prendrait bientôt fin. Krav devait avoir un travail. Une vraie vie. Et une petite voix lui disait que ce n'était pas ici. Mais il ne semblait pas disposé à lui livrer la moindre information à ce sujet.

— J'ai un travail, confirma-t-il une semaine après leur arrivée dans le resort. Mais j'ai tendance à le faire pendant que tu dors. Et oui, bientôt… bientôt, je devrai revenir à la vraie vie. Mais pour l'instant…

— Mais quelle est cette vie ?

— Elle ne te regarde pas.

Cela aurait dû être un premier signal lui indiquant qu'elle n'était pas pour lui ce qu'il était pour elle. Mais au fur et à mesure que les semaines s'écoulaient, de l'Angleterre à la France en passant par la Suisse, Riot oublia la prudence. Elle oublia aussi Jaia, son appartement et la vie qu'elle avait quittée comme si de rien n'était.

Elle était amoureuse. Tout simplement.

Elle l'était désespérément, pour la première fois.

Un jour, tandis qu'ils étaient allongés dans un lit, Krav la regarda et lui dit :

— Nous devrions aller en Italie.

C'est là qu'elle comprit qu'il venait de là-bas. Et bien qu'elle sache qu'il devait être en partie cambodgien – il parlait le khmer avec aisance –, son accent était différent de ceux qu'elle avait entendus à Siem Reap.

Krav était donc italien.

Ils séjournèrent dans une villa de la côte amalfitaine d'une beauté à couper le souffle.

Chaque jour qui passait, Riot tombait encore plus amoureuse.

Ce n'est que lorsqu'elle s'aperçut qu'elle n'avait plus ses règles qu'elle commença à s'inquiéter. Pas parce que l'idée de porter l'enfant de Krav la rendait malheureuse. Au contraire. En revanche, elle était morte de peur à l'idée que lui le soit.

Pourtant, il était merveilleux avec elle en toutes circonstances. Même s'il travaillait davantage à présent qu'ils étaient en Europe, ils partageaient leur temps entre repas fins et nuits de sexe torrides.

Krav était insatiable et elle adorait ça.

Pourtant, elle ne le connaissait pas plus qu'avant, même si elle essayait de se persuader du contraire. Parce qu'elle avait goûté chaque centimètre de son corps. Qu'elle savait comment lui donner du plaisir et lui faire perdre le contrôle.

Au fond d'elle, pourtant, elle se doutait que la nouvelle d'une grossesse ne serait pas la bienvenue.

Car Riot sentait une noirceur en lui. Le prédateur n'était jamais loin.

Lorsqu'elle ne put ignorer plus longtemps la situation, elle se rendit au village et se procura un test de grossesse dans une pharmacie.

En observant les deux traits nets sur le bâtonnet, elle fondit en larmes.

Elle était heureuse, sans l'ombre d'un doute. Mais elle avait le sentiment terrible que ça n'allait pas être facile.

Elle s'habilla du mieux qu'elle put – il lui avait offert les plus beaux vêtements qui soient. Puis elle demanda au cuisinier de Krav de leur préparer son dîner préféré.

Dix jours auparavant, Riot n'aurait jamais osé faire cela, mais elle commençait à s'habituer à cette vie qu'ils avaient créée.

Pouvait-on parler d'une vie alors qu'elle ne savait toujours rien de lui ?

Son seul espoir était qu'il lui révèle ce soir qu'il partageait ses mêmes sentiments.

Dehors, le ciel noir présageait l'arrivée d'une tempête et Riot se demanda si c'était un bon ou un mauvais signe. Après tout, ils s'étaient rencontrés sous les bourrasques de la mousson…

La table était joliment dressée et le plat de pâtes, cuisiné à la perfection. Elle avait essayé de se faire aussi belle que possible, comme si cela pouvait aider à rendre la situation acceptable.

Quand Krav entra, il affichait un air si sombre qu'elle retint son souffle sans pouvoir dire un mot. Puis il la regarda et lui sourit.

— Ce dîner et toi… qu'ai-je fait pour mériter tous ces cadeaux ?

— Je voulais juste que nous passions une soirée spéciale.

— Alors elle le sera.

Tandis que la pluie tombait à verse, ils s'assirent pour dîner et Riot patienta en essayant de garder son calme, picorant çà et là sans avoir réellement faim.

— J'ai quelque chose à te dire, finit-elle par avouer.

Il la regarda par-dessus la table et elle sut. Avant même de parler.

Elle sut qu'il avait toujours le pouvoir de la dévorer s'il le souhaitait.

De la détruire.

Et qu'il le ferait.

— Je suis enceinte.

La fureur de Krav fut immédiate et explosa comme une bombe. Il se leva, plus félin que jamais, et se tint devant elle, les traits figés sur son visage de marbre.

— Quoi ?

— Je suis enceinte.

— Non. C'est impossible.

— Si. Tu n'as pas utilisé de préservatif lors de notre première nuit ensemble. Tu ne peux pas le nier. Et il y a eu de nombreuses occasions depuis où tu ne t'es pas protégé.

Encore quelques semaines plus tôt, jamais Riot n'aurait osé s'adresser à lui de cette manière, mais la femme qu'elle était devenue avait beaucoup plus d'assurance.

— Comment peux-tu me regarder et déclarer que c'est impossible ? reprit-elle.

— Parce que ce n'est pas acceptable. Je ne veux pas d'enfant.

— Eh bien, j'en attends un. Donc maintenant, c'est juste une question de…

— Je ne veux rien à voir à faire avec ça.

— Tu ne penses pas ce que tu dis.

— Oh si ! Tu ne sais rien de moi et c'est à dessein. Jamais je n'aurai d'enfant. Jamais.

Le visage blême, elle se leva et recula en le fixant sans un mot.

— Riot…

— Ne me parle pas ! s'écria-t-elle. Ne me touche pas. Comment oses-tu ? *Comment oses-tu ?*

— Qui me dit que tu n'es pas enceinte d'un autre et que tu n'essaies pas de me berner ?

— Comment oses-tu ? répéta-t-elle d'une voix faible.

Elle se retourna et s'enfuit hors de la pièce. Hors de la maison. Elle se mit à courir sous la pluie, mais soudain, elle glissa sur les pavés mouillés et tomba. Aussitôt, elle ressentit une violente crampe au bas-ventre.

Quand elle se releva dans un sanglot, elle sentit quelque chose de chaud couler le long de ses jambes.

— Riot ! murmura-t-il en la rejoignant.

— Va-t'en ! hurla-t-elle, le visage ruisselant de larmes. Je suis en train de le perdre, de toute façon. Tout est perdu.

Krav la prit dans ses bras et la ramena jusqu'à la maison. Il lui donna une douche et l'enveloppa dans une serviette avant de la mettre au lit.

Puis il la laissa seule.

Quand Riot s'éveilla le lendemain, il était parti.

Un chauffeur se présenta à la porte dans la matinée pour la conduire au centre du village.

Krav n'était pas là pour lui dire au revoir. Il avait disparu, son tigre lumineux et brûlant.

C'était terminé.

Quand elle arriva à l'hôtel, des instructions l'attendaient. Elle pouvait y séjourner aussi longtemps qu'elle le voulait. Dès qu'elle le souhaiterait, le concierge s'occuperait de lui trouver un billet d'avion vers la destination de son choix.

Riot repensa au petit appartement que, en Géorgie, elle avait partagé avec Jaia. Elle avait quitté l'un et l'autre pour cette vie en Europe, sans penser que celle-ci aurait une fin. Pourtant, c'était le cas.

Elle n'avait aucun travail qui l'attendait.

Mais maintenant, elle pouvait aller n'importe où. Faire tout ce qui lui plaisait. Même s'il avait détruit quelque chose en elle qu'elle pensait ne jamais retrouver, Krav l'avait ouverte à ces nouvelles possibilités. C'était une occasion unique et elle allait la saisir.

Il lui fallait juste être assez courageuse pour faire le premier pas.

Elle s'était perdue dans un conte de fées pendant un moment, égarée dans le plaisir. C'était fini à présent, mais un nouveau destin l'attendait.

Si Riot avait retenu une leçon de la vie, c'était qu'elle ne pouvait se permettre de perdre son temps, son énergie et ses émotions avec des personnes qui n'en valaient pas la peine. Krav ne voulait pas faire partie de sa vie. Qu'à cela ne tienne, elle la poursuivrait sans lui.

Mais il lui avait donné l'impulsion pour trouver sa propre voie.

Elle se rendit donc en Angleterre, car elle avait toujours voulu y aller. Elle passa quelque temps à Londres, puis elle s'installa dans un petit village au nord du pays où elle trouva un emploi de serveuse dans un café.

À l'occasion d'un rendez-vous chez un médecin, elle apprit qu'elle n'avait finalement pas fait de fausse couche.

Assise sur la table de consultation, Riot ne put retenir ses larmes. De joie, de tristesse. Tout se déversait en elle comme une pluie sans fin.

Comment était-ce possible ?

Le bébé était toujours là. Krav était parti. La vie qu'elle avait imaginée n'existait plus.

Parce que l'homme qu'elle croyait qu'il était… n'existait pas.

Cet enfant, en revanche, était bien réel.

Son enfant à elle.

Pas celui de Krav.

Juste le sien.

Le médecin lui tint la main tandis qu'elle pleurait, puis il lui proposa un ensemble de brochures détaillant les possibilités qui s'offraient à elle. Elle les prit par politesse, mais elle savait qu'elle n'avait nul besoin de les consulter.

Elle allait garder son bébé.

Cela ne lui faisait pas peur. Elle avait trouvé une vie et une communauté accueillante. La femme plus âgée chez qui elle louait une chambre prit la nouvelle avec douceur et bienveillance. Riot savait qu'avec sa mère, cela ne se serait jamais déroulé ainsi.

Tout allait bien se passer. Elle allait se débrouiller dans ce petit village qui l'avait immédiatement adoptée. Les gens l'appréciaient et aimaient son accent américain. Et tout cela faisait partie de la nouvelle aventure de sa vie. Une aventure plus paisible et remplie d'espoir que celle qui l'avait précédée.

Tout était parfait – excepté les moments où elle pensait à Krav, à sa chaleur, et au fait qu'il lui avait brisé le cœur d'une façon dont elle ne pensait pas pouvoir se remettre un jour.

Elle lui avait donné sa confiance, ce qu'elle n'avait jamais fait avec quiconque auparavant. Suffisamment pour se tenir nue devant lui. Pour se sentir en sécurité. Et elle avait fini par y croire…

Croire que l'amour était possible. Même pour elle.

Comprendre qu'elle s'était trompée l'avait presque détruite. Mais à présent, elle avait une raison nouvelle de se reconstruire.

Et c'est qu'elle faisait.

Tout était parfait. Jusqu'à ce matin-là où, alors qu'elle sortait de la boulangerie avec des scones frais pour les apporter au café, elle fut percutée de plein fouet par un conducteur imprudent.

Tout était parfait, jusqu'à ce qu'elle perde conscience et que les ténèbres l'envahissent.

2.

— Monsieur Valenti, c'est au sujet de la fille.

Kravann Valenti jeta un œil distrait à l'homme assis en face de son bureau. Puis il se tourna et contempla à travers la baie vitrée la vue panoramique de Rome.

Il était fatigué de cette ville.

Il était fatigué de tout.

Jusqu'à ce qu'il rencontre Riot Phillips.

Comme si le destin l'imposait, la jeune femme se tenait dans les ruines ce jour-là et il avait été assez fou pour s'emparer d'elle.

Contre toute attente. Alors que son moral était au plus bas. Pourquoi avoir laissé quelqu'un s'immiscer dans sa vie précisément à ce moment-là ? Ce constat le rendait furieux, or il ne pouvait s'en prendre qu'à lui-même.

Son père avait peut-être raison, après tout. Il devait y avoir une faiblesse en lui. Une faiblesse qu'il s'était efforcé de détruire, quoi qu'il lui en coûte.

Sans succès, n'est-ce pas ?

Et Riot avait bousculé sa vie.

Elle était tout ce qu'il avait toujours voulu. Désiré. Cela ne lui était jamais arrivé auparavant. Il gardait le contrôle en toutes circonstances. Sauf avec elle.

Il ne restait jamais plus d'un week-end avec une femme et Riot avait partagé sa vie pendant des semaines. Des semaines de sexe vécues sans la moindre lassitude.

Puis elle lui avait annoncé qu'elle était enceinte.

S'il y avait une chose dont Krav était certain, c'est qu'il

n'aurait jamais d'enfant. Et soudain, la jeune femme lui avait semblé incarner tout ce qu'il fuyait. Elle mettait en péril ce qu'il avait construit. Tout ce qu'il avait juré de ne pas être.

Il n'était pas homme à regretter et pourtant, le regret le dévorait depuis cette nuit-là, quand elle l'avait fui comme s'il était un monstre. Et qu'elle était tombée.

Tout est perdu.

Il avait su alors qu'il devait la laisser partir. Car il était semblable à son père, finalement.

L'obscurité l'avait emporté.

Le souvenir d'elle, au sol, en larmes, en sang…

Cette image ne cessait de le réveiller la nuit. Comme une preuve qu'il ne pourrait jamais se libérer des démons qui l'habitaient.

Il n'avait pas personnellement surveillé Riot depuis qu'elle était partie mais il avait demandé à ses employés de le faire, discrètement.

La société Valenti était son seul lien avec son père. Un homme dévasté par la mort de son fils unique, qui était allé au Cambodge pour voler son bâtard des bras de son ancienne maîtresse, faisant de Krav le nouvel héritier de la fortune familiale.

Sergio Valenti n'éprouvait pas le moindre sentiment envers ce fils qu'il n'avait jamais connu. En revanche, il croyait en la poursuite de l'entreprise familiale et aux liens du sang.

Et ce petit garçon était son unique enfant survivant.

Son père lui avait donné beaucoup : argent, éducation, pouvoir.

Mais il avait aussi beaucoup pris.

Car la mère de Krav l'aimait.

Quand elle avait voulu défendre ses droits et reprendre son enfant, elle s'était trouvée impuissante face aux Valenti.

Krav avait alors cinq ans.

Il se souvenait à peine de sa vie avant son arrivée en Italie.

Juste de vagues images d'une pièce aux murs rose vif et d'une voix douce qui lui parlait dans sa langue maternelle.

Puis il avait été projeté dans un monde peuplé de nourrices inconnues, de mots qu'il ne comprenait pas et d'un père distant et tyrannique.

Il avait survécu. Du mieux possible.

Sa mère demeurait sa seule faiblesse. Il avait souffert pour elle toute sa vie. Son père avait été prompt à lui faire remarquer qu'une telle douleur n'était rien d'autre qu'une fragilité humaine et que les Valenti ne pouvaient s'abandonner à ces faiblesses.

Krav ne l'avait fait qu'avec elle.

Et sa mort l'avait ébranlé plus qu'il ne l'aurait imaginé.

Puis Riot était apparue.

Riot… un nom ridicule pour une fille aux cheveux blonds et à l'accent aussi doux que le miel. Elle ressemblait à une nymphe des bois avec ses cheveux bouclés par la pluie, sa robe aux couleurs vives collée à son corps, ses joues roses et son nez parsemé de taches de rousseur.

La toucher avait été une révélation.

De toute son existence, il n'avait jamais ressenti autant de plaisir que lors de ces moments avec elle.

Il serra les dents et garda son attention fixée sur la ville en contrebas.

— Eh bien, que se passe-t-il ?

— Elle a eu un accident. Elle est blessée.

— Quoi ?

Krav se retourna brusquement et, pour la première fois, il regarda attentivement l'homme qui venait de lui délivrer ce message. Mais ce n'était pas son visage qu'il voyait.

C'était celui de Riot.

Son visage émerveillé quand elle avait découvert la cabane dans les arbres ou quand elle le regardait. Puis son expression tragique lors de cette soirée… cette dernière soirée.

Blessée.

Il l'imagina, étendue sur le sol, brisée. Puis il pensa à cette nuit où lui-même l'avait détruite. Quand tout son poison s'était répandu et avait anéanti le monde féerique qu'ils s'étaient créé.

Dio, à quoi avait-il pensé ?

Ces mois passés avec elle. Malgré le sexe, le bonheur, la lumière, il avait fait semblant. Ce n'était qu'une question de temps avant que l'obscurité l'emporte et il avait choisi de l'ignorer.

Riot était passée de la joie pure, la première fois qu'elle l'avait vu, à une tristesse infinie lors de leur dernier instant ensemble. Il était responsable de tout ça.

Et voilà qu'il apprenait qu'elle était blessée.

Il ne songeait plus qu'à une chose, la retrouver.

— Quand ? demanda-t-il.

— Ce matin. Une voiture l'a percutée. Elle vit dans un village du nord de l'Angleterre.

Krav posa la question qui le torturait.

— Va-t-elle survivre ?

— Ce n'est pas certain. Elle est toujours inconsciente.

Il ressentit comme un coup de poignard dans le cœur.

— Préparez l'hélicoptère. Nous partons pour l'Angleterre.

Déjà, il se levait. Il fallait qu'il la voie. Il ne voulait pas la toucher. Pas encore. Mais il avait besoin de la voir.

— *Si signore*. Mais il y a encore une chose…

— Qu'est-ce donc ?

— Elle est… enceinte.

Les mots résonnèrent dans ses oreilles comme des cymbales.

— Enceinte ?

— Oui.

Elle n'avait donc pas perdu le bébé.

Cela faisait huit mois qu'il ne l'avait pas vue. Elle aurait pu rencontrer n'importe quel homme entre-temps et tomber enceinte à nouveau. Mais il ne put ignorer le sentiment qui l'avait envahi après avoir entendu ce mot. Une certitude primitive qui dépassait la raison et touchait le cœur même de son être.

Cet enfant était le sien.

Tout n'était pas perdu.

Il n'avait pas brisé cela.

C'était sa seconde chance. Sans doute ne la méritait-il pas. Avait-il seulement le droit de la réclamer ?

Il s'était comporté comme un monstre avec Riot.

Mais elle était à présent inconsciente dans un hôpital et elle portait son enfant.

Monstre ou homme, cela n'avait pas d'importance.

Elle était à lui.

L'homme poursuivit à voix basse, sur un ton d'excuse :

— Ils ne savent pas non plus si l'enfant survivra…

S'il ne l'avait pas rejetée ce soir-là, Riot ne serait pas blessée. S'il ne l'avait pas renvoyée, son bébé serait… en vie.

Il fallait qu'ils survivent.

Tous les deux.

Il allait réparer ça. Il n'était pas seulement un homme ou un monstre, il était un Valenti.

Et un Valenti faisait ce qui devait être fait.

Il remuerait ciel et terre.

Il prendrait les rênes de son destin pour écrire une nouvelle fin à leur histoire.

— Nous partons sur-le-champ.

Quand Riot se réveilla, elle n'était pas dans son lit.

C'est la première chose qui lui vint à l'esprit lorsqu'elle ouvrit les yeux pour essayer de trouver une position plus confortable. En vain. Son bras était impossible à bouger et elle entendait un étrange *bip.* Mais surtout… elle avait mal partout.

Elle cligna des yeux plusieurs fois et se rendit compte qu'elle se trouvait dans une chambre d'hôpital luxueuse. Il y avait du matériel médical partout mais c'était… chic. Elle tenta de se rappeler comment elle était arrivée là, mais elle n'en avait aucun souvenir.

Il fallait qu'elle appelle Jaia.

Sa colocataire viendrait la chercher. Évidemment, pas question de compter sur sa mère pour cela. Jaia et elle étaient censées partir au Cambodge dans deux semaines. Jaia avait décidé, sur un coup de tête, d'y aller pour retrouver des amies et elle avait proposé à Riot de l'accompagner. Celle-ci s'était laissé tenter.

Après tout, elle n'avait jamais rien fait d'aventureux avant. Sa vie était tellement…

À force de tout faire pour ne pas marcher dans les pas de sa mère, elle avait fini par mener une existence grise et insignifiante.

Et voilà qu'elle se retrouvait dans un lit d'hôpital…

Riot regarda autour d'elle, à la recherche d'un bouton pour appeler une infirmière. Ce faisant, elle remarqua d'autres détails dans la pièce.

Cela ressemblait à une chambre. Mais pas une chambre ordinaire. Quelque chose de plus luxueux. Avec un papier peint rouge profond texturé comme du velours et des bordures dorées sur les montants de la porte. Sans le lit médicalisé, les machines bruyantes, les perfusions et tous les autres instruments de soin, jamais elle n'aurait pensé se trouver dans un hôpital.

Mais où pouvait-elle bien être ?

L'espace d'un instant, Riot eut peur parce que ce n'était pas… normal. Malgré tous ses efforts, elle était incapable de se rappeler comment elle était arrivée là.

Son dernier souvenir lui revint. Elle était dans son appartement, en train de manger des céréales, et écoutait Jaia affirmer à quel point les hôtels dans lesquels elles séjourneraient étaient sûrs.

Cela n'expliquait en rien pourquoi elle se trouvait ici…

Elle tomba enfin sur ce qu'elle pensait être un bouton d'appel et pressa dessus fermement. À plusieurs reprises. Désespérément.

La porte s'ouvrit rapidement et une femme entra, non pas en uniforme d'infirmière mais vêtue d'une sorte de tablier amidonné qui lui rappela celui des domestiques du siècle dernier.

— Mademoiselle Phillips, vous êtes réveillée !

— Oui, répondit-elle, un peu confuse. Je... vous connaissez mon nom ?

C'était logique. Elle avait sûrement sa carte d'identité sur elle au moment de l'accident. Pourtant, elle ne se sentait pas... blessée. Elle était endolorie, mais elle ne semblait pas porter de bandage.

Elle palpa son visage pour s'en assurer. Non, pas de pansement ni de trace de sang visible.

— Bien sûr, répondit la femme.

Cette dernière s'approcha des machines et sortit son téléphone de sa poche avant de composer en hâte un numéro.

— Oui, docteur. Elle est réveillée. Venez aussi vite que possible, s'il vous plaît.

Riot sentit la panique la gagner.

— Le fait que je sois réveillée est-il une mauvaise chose ? demanda-t-elle, alarmée.

— Au contraire, répondit la femme qui devait finalement être une infirmière. Mais c'est un peu une surprise.

— Pourquoi une surprise ?

— Mademoiselle Phillips, nous allons attendre l'arrivée du médecin pour vous en dire davantage.

La porte s'ouvrit à nouveau et Riot supposa que cela devait être le médecin.

Mais ce n'était pas lui.

C'était un homme grand et large vêtu d'un costume. Ses cheveux étaient noirs comme le jais et ses yeux, presque aussi sombres. Il avait la peau dorée et ses traits fins semblaient taillés au couteau. Il était d'une beauté à couper le souffle.

Singulier et unique, et pourtant...

Quelque chose résonna dans l'âme de Riot sans qu'elle

parvienne à savoir de quoi il s'agissait. Comme si elle le reconnaissait.

Alors qu'elle n'avait pas la moindre idée de qui était cet inconnu.

Elle était certaine de ne jamais l'avoir vu de sa vie.

Quand il entra dans la pièce, elle sentit pourtant comme une onde magnétique la parcourir. Il portait avec lui une attraction nouvelle, un changement dans les étoiles.

Il incarnait le pouvoir.

Il était plus qu'un simple homme.

Un tigre.

Cette pensée venue de nulle part s'insinua dans l'esprit de Riot, jusqu'au cœur de son âme. Elle ne put réprimer un frisson et se frotta les mains comme pour se réchauffer.

— Monsieur Valenti, je ne pense pas que…

Un regard de l'homme suffit à réduire au silence l'infirmière.

Il se tourna vers Riot et plongea les yeux dans les siens.

— Tu es réveillée, dit-il d'une voix profonde dont l'accent chaleureux donna envie à Riot de se blottir contre lui.

Même si une petite voix dans sa tête criait au danger.

— Oui… je suis réveillée. Mais je ne suis pas sûre de savoir pourquoi c'est important, ni ce qui s'est passé… ni quoi que ce soit…

— Tu ignores ce qui est arrivé ? répliqua-t-il en fronçant les sourcils.

— Oui. Je n'ai aucune idée de la raison pour laquelle je suis ici… ni de qui vous êtes, d'ailleurs.

Il parut troublé et elle devina, sans savoir pourquoi puisqu'elle ne le connaissait pas, que ce n'était pas dans ses habitudes.

— Riot, murmura-t-il d'une voix rugueuse qui la fit frémir.

Il connaissait donc son prénom.

— Riot, tu es restée inconsciente un mois entier.

— Un mois ? C'est impossible… j'avais prévu de partir en vacances avec ma colocataire et puis je me suis retrouvée ici…

— Tu as déjà fait ce voyage, répliqua-t-il doucement.

Elle haussa les sourcils.

— Non. Je n'ai encore jamais quitté les États-Unis.

— Dans quel pays crois-tu être maintenant ?

— Je suis en Amérique. En Géorgie. Là où j'ai vécu toute ma vie.

— Non, Riot. Tu es à Rome. Chez moi. Et tu vas devenir ma femme.

3.

Krav resta songeur quelques instants. Riot était sortie du coma mais elle ne le reconnaissait pas. Elle ne se souvenait pas de lui, ni de Soriya. Et il venait de lui annoncer qu'ils allaient se marier.

Kravann Valenti n'était pas homme à se remettre en question. Il n'avait pas été élevé ainsi, du moins pas dans la seconde partie de sa vie. Son père s'était comporté de manière tyrannique et dictatoriale. Pour le rendre fort, disait-il. Et qu'il soit digne du nom de Valenti.

Hors de question d'admettre que le vieil homme avait raison au sujet de sa faiblesse vis-à-vis des sentiments. La seule fois où Krav avait fait preuve de douceur, c'était dans les heures qui avaient suivi l'enterrement de sa mère. Quand il s'était retrouvé nez à nez avec cette jeune femme. Heureusement, il avait su se reprendre et il l'avait rapidement écartée de sa vie.

Mais voilà qu'elle était à nouveau là. Et il venait juste de lui annoncer que c'était pour de bon. Qu'importe. Il s'en était très bien sorti avec l'enfant jusqu'à présent. Il y avait des nourrices… mais à quoi bon garder des nourrices quand l'enfant pouvait avoir sa mère ? Krav avait été furieux en découvrant la brochure d'adoption dans les affaires de Riot. Ainsi, elle avait eu l'intention d'abandonner le bébé, sans même lui laisser la chance de devenir père. Non pas qu'il sache quoi que ce soit sur la paternité, mais c'était le principe qui le choquait. Un enfant devait grandir avec ses parents. Même si l'un de ses parents n'aurait pas dû être un sociopathe qui ne pensait qu'à préserver son nom.

Il était sûr d'une chose : il voulait que Soriya ait sa mère auprès d'elle. Il fallait que Riot la protège des ténèbres qui le hantaient.

Et la jeune femme ne se souvenait de rien…

Qu'arriverait-il si la mémoire lui revenait ?

Cela n'avait pas d'importance. Le temps qu'elle se souvienne, si elle se souvenait un jour, la situation serait différente.

Il allait réécrire l'histoire.

Après tout, elle ne connaissait même pas son vrai nom.

— Je vais devenir votre… ta femme ?

— Oui. Tu ne te souviens pas de moi, *cara mia* ?

Elle secoua la tête et il fut surpris de constater que ses yeux s'étaient emplis de larmes.

— Qu'y a-t-il ?

— Comment est-il possible que je ne me rappelle pas être tombée amoureuse ? Et que j'aie oublié que quelqu'un m'aime ?

S'il avait été un autre homme, il aurait sans doute ressenti de la culpabilité en cet instant. Parce qu'il n'avait jamais été question d'amour entre eux. Certes, la passion les avait dévorés cette nuit-là, dans la cabane. Et durant les semaines qui avaient suivi. Il ne pouvait le nier.

Mais de l'amour ?

Krav ne savait même pas en quoi cela consistait.

Il ressentait un instinct de protection féroce envers Soriya. Quelque chose qui transcendait sa propre exigence de préservation. C'était comme avoir une partie de lui qui vivait dans ce monde.

Mais il n'aurait pas qualifié ce sentiment d'amour, car cela n'avait rien d'agréable.

Cela le rendait encore plus sauvage, si tant est que ce fût possible.

Quant à garder la mère de son enfant auprès de lui, il ferait tout pour y parvenir.

Il n'y avait donc pas de place pour la culpabilité dans cette histoire.

— Monsieur Valenti, s'il vous plaît, intervint l'infirmière. Avec tout le respect que je vous dois, nous devons faire venir un médecin pour examiner Mlle Phillips. Elle a besoin d'une IRM. Nous devons éviter toute situation stressante.

— Nous ne sommes pas dans une comédie dramatique, répliqua Krav. Je ne vois pas en quoi le fait qu'elle en sache un peu plus sur sa vie pose problème.

Cette infirmière, que savait-elle de leur situation ? Tous ceux qui travaillaient dans la maison étaient tenus au secret le plus absolu. Il ne pouvait pas laisser le monde entier apprendre l'existence de Soriya. Pas encore. La petite était âgée d'un mois, à présent, et elle n'avait jamais quitté la propriété.

Bien qu'il ne fût pas très au fait des connexions émotionnelles, Krav avait exigé que le bébé soit amené chaque jour dans la chambre de Riot par une des nounous. Car s'il y avait une chose qu'il savait… c'est qu'un enfant a besoin de sa mère.

— Valenti…, murmura Riot en fermant les yeux, l'air perdu.

— Ne t'inquiète pas de ça, fit-il.

Il était d'accord avec l'infirmière sur un point : pas question de lui parler tout de suite du bébé. Dans la mesure où elle ne se rappelait rien après son voyage au Cambodge, apprendre qu'elle avait un enfant serait un choc trop violent.

Le test ADN avait déjà confirmé qu'il était bien le père. Il n'y avait donc aucun doute sur le fait qu'ils avaient conçu cette enfant ensemble.

Et comme Riot n'en avait aucun souvenir…

Il était probable qu'elle trouve cela invraisemblable.

Si seulement elle savait qu'il n'y avait jamais eu d'amour entre eux… Rien d'autre qu'une passion brisée et sombre qui avait explosé. Et démonter toutes les croyances qu'il avait eues sur lui-même.

Lui, qui avait toujours été d'une grande maîtrise, n'avait

pas toujours pensé à se protéger avec Riot. Il l'avait prise, encore et encore, sans même que le risque traverse son esprit.

Le médecin ne tarda pas à arriver et examina rapidement sa patiente.

— Elle semble être en bonne santé, déclara-t-il quand il eut terminé.

Il s'exprimait en italien et Krav se rappela que Riot ne parlait pas cette langue. C'était une bonne chose. Ainsi, il aurait l'occasion de s'expliquer plus tard, en maîtrisant d'autant mieux le fil de l'histoire.

— Il n'y a donc aucune raison de lui cacher des informations, n'est-ce pas ? demanda-t-il au praticien.

— Non, je ne vois pas en quoi cela poserait problème, répondit celui-ci. Je viendrai l'ausculter régulièrement. Tenez-moi au courant de l'évolution de son amnésie, je vous prie.

— Bien entendu, docteur, acquiesça Krav en lui tendant la main. Maintenant, pensez-vous que nous puissions avoir un peu d'intimité ?

— J'imagine que vous avez des choses à vous dire, tous les deux, répondit le médecin en souriant.

— Oui, beaucoup.

Pendant l'examen clinique, Riot s'était levée du lit. On lui avait fait faire des exercices durant son coma, ce qui avait évité que ses muscles ne s'atrophient. Et même si elle n'était pas très stable sur ses pieds, il ne lui fallut pas longtemps pour parvenir à se déplacer seule.

— Je me souviens comment marcher, dit-elle. En fait, je me souviens de tout, sauf à partir du moment où…

— Ton voyage au Cambodge date de dix mois environ, coupa-t-il. Et tu es restée dans le coma pendant un mois.

— Et nous nous sommes rencontrés là-bas ? demanda la jeune femme en se rasseyant sur le lit.

Krav la regarda, surpris de constater à quel point il la désirait encore.

Chaque fois qu'il était près d'elle, il ressentait… une émotion indéfinissable. Mais il avait réussi à focaliser son attention sur le souhait que Soriya connaisse sa mère.

Maintenant que celle-ci se tenait éveillée près de lui, il ne pouvait nier que son désir n'avait pas changé de nature. Purement et profondément sexuel.

Mais ce n'était pas le moment d'y songer.

— Je suis donc allée au Cambodge, murmura-t-elle sans le regarder.

— Oui.

— Je n'arrive pas à croire que j'aie vécu cette aventure sans même m'en souvenir.

— Mais, *cara*, cette aventure n'est pas terminée.

Elle se tourna vers lui, les yeux écarquillés.

— C'est vrai. Je suis à Rome. Et je suppose qu'il ne s'agit pas de Rome en Géorgie, n'est-ce pas ?

— En effet, dit-il en lui souriant.

Il s'était habitué à la voir endormie. Elle avait eu l'air paisible ces dernières semaines, allongée dans son lit comme sous l'effet d'un enchantement. Les médecins avaient peu d'espoir de la voir se réveiller, mais Krav n'avait pas voulu renoncer à elle.

Soriya avait besoin de sa mère.

Et toi, de quoi as-tu besoin ?

Besoin.

La vérité éclata en lui comme une bombe.

Son besoin d'elle.

Elle était là, et elle lui parlait.

C'était comme si une partie de lui-même s'était éveillée en même temps que Riot.

Elle ne le regardait pas comme le monstre qui avait brisé tout son univers.

Elle le dévisageait comme au premier jour de leur rencontre.

C'était là, à sa portée.

Une seconde chance d'un premier jour avec elle.

— Je suis donc en Italie. Avec un homme auquel je suis…

fiancée, ajouta-t-elle en le fixant comme si elle essayait de le sonder. Comment nous sommes-nous rencontrés ?

— Nous avons fait connaissance dans les ruines d'un temple, dit-il, déterminé à être aussi honnête que possible avec elle.

Il était évident que Riot voulait de l'amour, et Krav était incapable de lui en donner. Mais cela ne lui coûtait rien de tisser une nouvelle histoire pour eux. Pourquoi pas ?

Elle n'avait pas prévu de garder le bébé, mais elle s'adapterait à leur nouvelle vie ici.

Elle serait heureuse. Quant à la vérité… Une fois que Riot serait convaincue qu'il avait pris la bonne décision en agissant ainsi, cela n'aurait plus d'importance.

— Et tu m'as fait craquer dès le premier regard ?

— Quelque chose comme ça, oui.

— Non, vraiment ! Raconte-moi.

En voyant son regard doux et confiant, Krav se souvint que Riot était beaucoup plus réservée lors de leur première rencontre. Elle lui faisait confiance à présent et ne le regardait plus comme un prédateur prêt à la dévorer.

Cette fois encore, il se dit qu'un autre que lui aurait pu ressentir de la culpabilité en cet instant.

— Tes… amies sont parties sans te prévenir. C'était la mousson et il pleuvait fort. Il ne restait plus que nous sur le site et tu m'as suivi chez moi, ajouta-t-il d'une voix soudain rauque, car il ne parvenait pas à faire taire le désir qui s'était emparé de lui à l'évocation de cette nuit-là.

Il se rappela la douceur de sa peau sous ses mains et le regard émerveillé qu'elle lui avait lancé la première fois qu'il l'avait fait jouir.

— J'ai vraiment fait ça ?

— Oui.

— Et ensuite ?

Elle avait l'air si impassible que, l'espace d'une seconde, il se demanda si elle jouait la comédie.

Non, impossible. Riot était tout sauf une actrice.

Une magicienne, en revanche, pourquoi pas, car aucune femme avant elle n'avait réussi à l'envoûter de cette manière.

— Notre connexion a été immédiate. Surtout sur le plan sexuel…

Elle cligna des yeux.

— Non, maintenant je suis sûre que tu mens. Désolée, je n'ai pas pu te suivre chez toi et…

— Vraiment ?

— Impossible, déclara-t-elle fermement en secouant la tête.

— Je suis navré de te contredire, mais c'est ainsi que cela s'est passé. Tu ne me connaissais pas depuis une heure que tu étais nue devant moi.

Riot éclata de rire et il fronça les sourcils. La Belle au bois dormant avait l'audace de se moquer de lui.

— Ça n'a pas pu se passer comme ça. Je suis vierge.

À peine avait-elle prononcé ces mots qu'elle porta la main à sa bouche en rougissant.

— Je ne sais pas pourquoi j'ai dit ça. Mais quand tu affirmes que j'ai couché avec toi juste après t'avoir rencontré, je suis désolée, mais je ne peux y croire.

— Pourtant, tu ne sais rien de ton voyage ni de ce qui s'y est passé, fit-il remarquer.

Une vierge ?

Était-ce possible ?

À présent, elle ne l'était plus, c'était certain. Mais pas un instant il n'était venu à l'esprit de Krav que la femme sensuelle qu'il avait prise dans ses bras cette nuit-là n'avait jamais été touchée par un autre homme.

— C'est comme si tu me parlais d'une personne étrangère. Crois-moi, je n'ai rien d'une aventurière. Je…

Son expression changea soudain et il fut agacé de ne pas pouvoir lire en elle. Même maintenant, Riot demeurait un mystère pour lui.

Habituellement, dans son monde, les femmes ne lui posaient pas ce genre de problème. Elles remplissaient un rôle précis, satisfaisaient un appétit spécifique et ensuite, elles sortaient de son esprit.

Jusqu'à peu de temps auparavant, c'est ainsi qu'il fonctionnait avec ses conquêtes, les oubliant dès l'instant où elles ne lui étaient plus utiles.

Cette femme le surprenait.

— Je dois être forcément un peu aventurière, chuchota-t-elle. Si je suis allée au Cambodge, si je t'ai rencontré et que nous… l'avons fait, n'est-ce pas ?

Soudain, Krav éprouva dans son cœur une sensation inédite.

Qu'il ne parvenait pas à définir avec précision.

Une douleur, un pincement et une décharge électrique à la fois.

Riot se pencha vers lui en lui lançant un regard interrogateur, puis elle posa la main sur son torse et il sentit ses muscles frémir.

Elle plongea les yeux dans les siens et il vit s'y refléter le même émerveillement que quand il était entré en elle, cette nuit-là, dans la cabane.

Il enroula doucement les doigts autour de son poignet et sentit un incendie le gagner.

Mais soudain, un cri perçant brisa le silence.

— Qu'est-ce que c'est ? s'exclama la jeune femme.

4.

L'esprit de Riot était en ébullition. Ce lieu étrange, cet homme…

Ils étaient fiancés ? Cela semblait impossible.

Elle ne se souvenait de rien, pas même d'être partie en voyage, et voilà que, dix mois après, elle se retrouvait en couple avec le plus beau garçon qu'elle ait vu de sa vie.

Et qui, manifestement, était immensément riche.

Rien de tout cela n'avait de sens.

Pourtant, elle devinait une connexion entre eux. Un lien qu'elle n'avait jamais ressenti et qui la retenait comme un aimant.

Mais des pleurs de bébé interrompirent sa réflexion.

— Où est-il ? murmura-t-elle, le cœur battant.

— Ce n'est pas le moment d'avoir cette discussion.

Elle retint son souffle, prise dans un tumulte d'émotions plus intenses les unes que les autres. De la panique, du désespoir, de la terreur.

— Pourquoi pas ? insista-t-elle.

— Parce que.

Mais elle ne l'écoutait plus.

Le bébé.

Il y avait un bébé.

Elle se leva du lit, légèrement chancelante, et se précipita en direction de la porte. Au moment où elle allait l'atteindre, il la rattrapa et l'attira contre lui. C'est alors que la porte s'ouvrit et qu'elle aperçut une femme qui portait un tout petit paquet serré contre sa poitrine.

Le bébé était une fillette aux cheveux noirs et à la peau dorée. Riot chercha désespérément ses propres traits sur le petit visage, mais elle n'en reconnut aucun. En revanche, elle le vit, *lui*.

Une sensation plus puissante que tout ce qu'elle avait connu s'empara d'elle.

Elle en savait si peu au sujet de sa propre vie… Regarder son prétendu fiancé ne lui apportait pas davantage de réponses.

Mais en voyant cet enfant, elle sut.

— Comment s'appelle-t-elle ? murmura-t-elle tandis qu'il la tenait toujours serrée contre lui.

— Soriya.

C'était un prénom magnifique. Elle aurait voulu savoir ce qu'il signifiait mais pour l'instant, son seul désir, c'était prendre ce bébé dans ses bras.

— Donnez-la-moi, exigea-t-elle en jetant un regard à la dame qui la tenait.

— Laisse-moi t'expliquer…

— Il n'y a rien à expliquer, reprit Riot en parvenant à se libérer de son emprise. C'est ma fille, je le sais.

— Nous ne voulons pas te bouleverser, insista-t-il d'une voix ferme.

— Je ne suis pas une enfant. C'est mon bébé. Donnez-la-moi, ordonna-t-elle.

La femme qu'elle supposa être une nourrice lui mit dans les bras le petit paquet chaud et doux et, tout à coup, l'univers de Riot bascula.

Elle s'était réveillée quelques instants auparavant dans un monde qu'elle ne connaissait pas. Cet événement aurait dû la perturber davantage et, pourtant, ce n'était pas le cas.

Tout fut soudain clair.

Même si elle ne se souvenait pas de lui ni des circonstances de leurs fiançailles, même si elle avait un mal fou à croire qu'elle ait pu lui offrir sa virginité sur un coup de tête, elle était convaincue que cette petite fille était d'elle.

Elle la reconnaissait, du plus profond de son être. Et le chagrin qui la submergea à cette pensée lui coupa le souffle.

Riot ne se rappelait pas être tombée amoureuse, ni avoir été touchée par les mains de cet homme. Elle ne se souvenait pas d'avoir porté ce bébé ni de l'annonce de sa grossesse. Avait-il été heureux de l'apprendre ? Avaient-ils dû avancer la date du mariage ou… préféré attendre que la petite soit née ?

La naissance…

Elle avait tout raté.

Elle était inconsciente pendant l'accouchement. Comment était-ce possible ?

C'était si difficile à admettre ! Elle avait fait l'amour avec cet homme, était tombée enceinte et avait eu son bébé. Et il n'en restait rien.

Sauf que…

Tout n'avait pas disparu.

Ce bébé était le sien, même s'il était né depuis un mois et qu'elle ne l'avait encore jamais tenu dans ses bras.

Soudain, elle sentit sa poitrine se comprimer et une émotion intense l'envahit. Elle était réveillée depuis des heures et personne n'avait pensé à lui apporter son enfant.

— Pourquoi ne pas me l'avoir amenée immédiatement ? demanda-t-elle d'une voix furieuse.

— Pour te ménager, répondit-il. C'est déjà assez difficile pour toi de croire à tout ce qui s'est passé entre nous.

— Elle est à moi.

— Oui.

Riot le savait, de tout son cœur, de toute son âme. Comme elle se sentait vulnérable, tout à coup ! Cet homme en savait bien plus à son sujet qu'elle-même. La seule bonne chose était qu'il devait l'aimer. Ce qui ne lui était jamais arrivé dans sa vie.

Pourvu que tout cela ne soit pas un rêve, songea-t-elle, soudain effrayée. Il faut dire que la situation était à peine croyable. Comment était-il possible que la fille qu'elle était se soit réveillée fiancée ? Et mère de ce bébé magnifique ?

Elle qui n'avait jamais été désirée ni aimée de personne ?

Cela n'avait aucun sens.

Sa propre mère ne voulait rien à voir à faire avec elle et son père, encore moins.

Tout était différent, désormais. C'était comme se réveiller dans une vie entièrement nouvelle.

Riot s'aperçut tout à coup qu'elle ne connaissait même pas le prénom de son fiancé.

— Je suis désolée… Nous n'avons pas été correctement présentés.

Il la regarda comme si elle avait dit quelque chose d'invraisemblable. C'était sans doute le cas, mais après tout, il savait tout d'elle et de la situation alors qu'elle-même était complètement ignorante.

— Kravann, finit-il par répondre. Valenti. Si j'avais des amis, ils m'appelleraient Krav. Je suppose que tu ne t'en souviens pas ?

— Non, ça ne m'évoque rien. Je ne me souviens pas de toi. Je ne suis même pas sûre de savoir qui je suis.

Elle s'interrompit en se rendant compte qu'elle parlait devant la nounou.

— Laissez-nous, je vous prie, lança Krav à la femme, qui sortit de la pièce.

Riot serra la petite fille contre elle. Au milieu de toute cette agitation, elle ressentait un profond sentiment de paix.

— Tout va s'arranger, dit-il.

Elle le regarda. S'était-il inquiété pour elle ? L'avait-il veillée pendant son coma ? Elle avait du mal à l'imaginer inquiet. Il était… Elle n'avait jamais rencontré un homme tel que lui, c'était certain. Même si son expérience était limitée, elle savait qu'il n'était pas commun.

Il dégageait une autorité naturelle troublante.

— J'ai tellement de questions ! s'exclama-t-elle. J'ai vraiment besoin de reconstituer les événements des dix derniers mois.

— Ne nous précipitons pas, Riot, fit-il doucement. Nous

avons la vie entière pour cela. Les traumatismes crâniens sont complexes et il est important de te ménager.

— Peux-tu juste commencer par me dire… ce qui m'est arrivé ?

— Non. Je pense que nous devrions plutôt nous occuper de te transférer dans une chambre plus agréable où tu pourras faire une bonne toilette et ensuite, nous dînerons ensemble.

Il avait raison mais cela impliquait qu'elle soit séparée de Soriya, ce qui lui semblait terriblement difficile. Elle serra à nouveau le bébé contre elle.

— Je me suis beaucoup occupé d'elle ces dernières semaines, reprit-il en voyant son hésitation. Elle peut rester en ma compagnie quelques instants de plus.

Il saisit son téléphone et pressa une touche. Moins d'une minute plus tard, la nourrice ainsi que deux femmes vêtues d'un tablier apparurent sur le seuil de la porte.

— Oui, monsieur Valenti ? demanda l'une d'elles.

— Veuillez conduire ma fiancée dans sa nouvelle chambre. Aidez-la à choisir une tenue pour le dîner et faites-lui couler un bain.

— Très bien, monsieur.

En s'éloignant de Krav et de Soriya, Riot eut le sentiment que sa vie était à nouveau bouleversée.

Elle comprit qu'ils étaient son socle, quand bien même elle ne se souvenait pas d'eux. Ce monde lui était étranger, mais si c'était celui de Krav, elle pouvait au moins s'efforcer de comprendre la raison pour laquelle elle s'y trouvait.

— Est-il… toujours comme ça ? demanda-t-elle à l'une des femmes de chambre.

— Comment, mademoiselle ?

— Eh bien, il a l'air assez… autoritaire…

— Je l'ai trouvé plutôt doux, aujourd'hui, intervint l'autre domestique. D'habitude, il…

— Il grogne comme un tigre, compléta la première.

Elles s'adressèrent un sourire entendu et Riot ne put réprimer un pincement de jalousie. Ce qu'elle pouvait être stupide ! Être jalouse alors qu'elle ne connaissait même pas cet homme ! Qui était pourtant son fiancé, du moins en théorie.

Le peu qu'elle vit du manoir était déjà grandiose, mais quand elle fut introduite dans ce qui allait être sa chambre, la vision qui s'offrit à elle lui coupa le souffle.

C'était… très différent du style gothique un peu austère des autres pièces. Très léger, très aérien. Blanc avec des touches de rose tendre ici et là. Le lit était semblable à un nuage, avec ses draperies cotonneuses et ses dentelles, entouré d'un cadre de boiseries dorées à l'or fin. Riot n'avait jamais rien vu de tel auparavant et pourtant, c'était exactement ce qu'elle aurait choisi pour elle-même.

C'était tout de même étrange que cette chambre ait été préparée à sa seule intention. N'auraient-ils pas dû dormir ensemble ? Après tout, peut-être était-il habituel de faire chambre à part chez les riches Italiens.

Elle n'avait jamais connu de personnes fortunées dans sa vie et Krav l'était, de toute évidence.

Elle repensa à lui. Pas étonnant qu'elle ait baissé sa garde face à cet homme. Sa beauté était spectaculaire.

Quel dommage qu'elle ne se souvienne même pas d'avoir fait l'amour avec lui !

De tous les détails qui pouvaient la contrarier, c'était peut-être le plus trivial, mais aussi celui qui la perturbait le plus en cet instant.

— Que souhaiteriez-vous porter, mademoiselle ?

L'une des femmes de chambre se dirigea vers une grande armoire en bois sculpté qu'elle ouvrit. À l'intérieur, Riot aperçut le plus ravissant assortiment de vêtements qu'elle ait jamais vu. Classés selon les couleurs de l'arc-en-ciel, les tons profonds des bijoux et les couleurs vives des étoffes l'éblouirent. C'était comme dans un rêve. Même si elle refusait de l'admettre, elle aimait les beaux objets, bien qu'elle en possédât très peu.

En Géorgie, elle économisait longtemps pour s'acheter

ce qu'elle aimait. Être entourée de toutes ces merveilles lui paraissait complètement fou.

— M. Valenti aimerait que vous soyez prête pour le dîner d'ici une heure, intervint l'une des domestiques.

— Il dîne à la même heure tous les soirs ? demanda Riot.

— Oui, répondit la femme en hochant la tête. Il est très pointilleux en matière d'horaires.

Elle ne fut pas surprise. Krav avait l'air… exigeant. Elle mourait d'envie d'en savoir davantage au sujet de ce personnage singulier qui bouleversait sa vie. Et dont elle ignorait tout.

Il ne semblait pas être homme à se laisser aller aux émotions. Il dégageait quelque chose de dur et de sombre. Qui paraissait dangereux. Pourtant, elle n'avait jamais été attirée auparavant par ce genre de personnes. Elle s'était toujours promis de rester à l'écart des mauvais garçons.

Bien sûr, elle n'avait jamais eu l'occasion d'en fréquenter un. Parce qu'un homme qui se prétendait gentil l'était rarement en vérité. C'était ce que la vie lui avait montré jusqu'à présent.

Elle opta pour une robe d'un bleu-vert profond et se rendit dans la salle de bains où l'attendait un bain chaud et parfumé sur lequel flottaient des pétales de fleurs.

Les deux femmes la laissèrent seule et Riot s'enfonça lentement dans l'eau en soupirant de bonheur. Une chose était sûre : cela faisait une éternité qu'elle n'avait pas pris de bain.

Comment était-il possible qu'une si grande partie de sa vie se soit juste… évaporée ?

Endormie.

Non, pas endormie. De toute évidence, elle avait eu un accident mais elle n'en connaissait aucun détail. Elle commença à se laver, mais très vite, Krav s'imposa dans son esprit.

Et alors qu'elle faisait glisser ses doigts sur sa peau, elle s'imagina que ses mains étaient celles de Krav et un courant électrique la traversa.

Comment pouvait-elle penser à ça ? Soudain, elle comprit que s'il avait dit la vérité à propos de leur rencontre, ce contact avait été leur première connexion. Bien qu'elle ne puisse pas vraiment l'imaginer, peut-être était-ce… la clé.

Apparemment, elle avait été subjuguée par leur alchimie. À dire vrai, elle la ressentait, même maintenant.

Elle sortit du bain et s'enveloppa dans la robe de chambre en soie que les dames lui avaient préparée. Puis elle s'observa dans le miroir. Quand elle baissa la tête vers son ventre, ses yeux se remplirent de larmes.

Il y avait une marque. Une cicatrice marquant l'endroit où son enfant était venue au monde.

C'est donc ainsi qu'elle avait accouché durant son sommeil.

Elle avait porté un bébé. Un *enfant*. Comment pouvait-elle ne pas s'en souvenir ?

On frappa un coup à la porte.

— Mademoiselle ?

Riot soupira. Ce n'était pas le moment de s'apitoyer sur son sort. Elle fut vite habillée et coiffée, puis elle se maquilla et, en regardant à nouveau son image dans le miroir, elle eut le sentiment de contempler une inconnue.

Elle sortit de la chambre et on la mena jusqu'à la salle à manger.

Krav était, là, debout, vêtu d'un costume sombre. La pièce était vaste et richement ornée. Contrairement à sa magnifique chambre à coucher si lumineuse, la décoration avait ici un côté austère et sombre.

— Te voilà, fit-il.

Sa voix basse et virile déclencha un feu au creux de son ventre.

— Oui. Est-ce que Soriya est là ?

— Elle est montée pour sa sieste. Elle dort souvent à cette heure-ci, puis elle se réveille pour un dernier biberon avant la nuit.

Riot chassa de son esprit la déception qui l'avait gagnée et, en regardant les plats disposés sur la table, elle s'aperçut qu'elle était morte de faim.

L'espace d'un instant, elle oublia ses préoccupations. Elle s'autorisa à croire que son dernier souvenir datait de la veille et qu'aujourd'hui, elle se tenait dans ce palais magnifique devant les mets les plus exquis qu'elle avait jamais vus.

Comme si sa vie s'était transformée d'un coup de baguette magique.

Soudain, elle n'était plus une pauvre fille triste et perdue, mais une princesse mystérieuse.

Elle se souvint d'un film qu'elle avait vu, adolescente. C'était l'histoire d'une jeune fille dont le père, longtemps absent, se révélait être un roi. Elle était donc, sans le savoir, une princesse. Parfois, Riot aurait souhaité que sa vie ressemble à cela. Qu'un jour, quelqu'un vienne l'enlever à sa mère et lui offrir une existence complètement différente. Puis, lorsqu'elle avait compris que les contes de fées n'existaient pas, elle s'était forgé une vie, comme elle l'avait pu.

Ce rêve était-il finalement accessible ? En cet instant, elle voulait y croire de toutes ses forces.

— Assieds-toi, je t'en prie, lui dit Krav.

Elle prit place en face de lui, troublée par sa proximité et le magnétisme qu'il dégageait. Il lui semblait encore plus beau que tout à l'heure.

— Tu es… incroyable, murmura-t-il. J'imagine que la plupart des gens qui traversent une épreuve comme la tienne ne s'en sortent pas aussi bien.

— Je suppose que peu de personnes ont vécu mon expérience. Cela ressemble plus à un film qu'à la vraie vie.

— C'est ce que je me suis dit plusieurs fois en te voyant allongée sur ce lit. C'était… difficile.

— Pour toi ?

— Je suis le genre d'homme qui croit pouvoir tout réparer. Mais avec toi, je n'y arrivais pas. J'ai fait appel aux meilleurs médecins. On m'a dit que seul le temps pourrait faire que tu te réveilles. Si tu te réveillais un jour.

C'est vrai, elle n'y avait pas pensé. Et si elle était restée dans le coma ? Elle n'aurait jamais appris l'existence de Soriya. Elle n'aurait pas retrouvé Krav.

Ou bien, si elle en était sortie des années plus tard ? Tout ce temps perdu… À cette pensée, sa poitrine la brûla.

— Mais je me suis réveillée, dit-elle férocement.

— Oui.

— Je ne sais pas par où commencer.

— Nous nous marierons dès que possible, déclara-t-il.

Elle soupira.

— Je ne me souviens même pas de toi !

— Cela n'a pas d'importance. Nous sommes une famille. Nous avons attendu tout ce temps pour le devenir officiellement. Tu seras mon épouse.

— Une épouse qui ne connaît pas son mari ?

Il lui jeta un regard sombre et sérieux.

— Je t'ai séduite une fois déjà. Je n'aurai pas de difficulté à le refaire.

Elle ne put réprimer un frisson de plaisir à l'idée qu'un homme tel que lui puisse envisager de la séduire… Tout son corps semblait réagir à cette possibilité.

— J'aimerais en savoir plus à ton sujet, dit-elle. Je ne me souviens de rien…

— Mon père était un homme très riche, tout comme l'étaient le sien et son père avant lui. Je pense que tu comprends où je veux en venir. Les Valenti sont l'une des plus anciennes familles d'Italie.

— Je vois.

— Notre empire s'est étendu avec le temps. Nous possédons de nombreuses chaînes d'hôtels. Nous avons également des activités dans l'industrie et l'immobilier. Il y a peu de secteurs dans lesquels nous ne sommes pas impliqués. Je suis plus à l'abri financièrement que quiconque sur cette planète.

— Je ne comprends même pas ce que cela signifie, murmura-t-elle. En ce qui me concerne, je n'ai pas été l'abri financièrement un seul jour de ma vie.

— Tu l'es à présent. Tu n'as plus à t'inquiéter de rien. Tous tes besoins ainsi que ceux de Soriya seront satisfaits.

Elle sentit une vieille blessure se rouvrir. Sa mère lui avait reproché pendant toute son enfance l'instabilité financière dans laquelle elles se trouvaient. Riot en avait conclu qu'elle n'était pas digne d'être aimée. De toute façon, quoi qu'elle fasse, sa mère s'en moquait.

Elle aurait tellement préféré oublier cela et se souvenir de Krav... De cet homme si beau qui offrait de prendre soin d'elle.

— Comment sommes-nous tombés amoureux ?

Il s'adossa à sa chaise, les coudes posés sur l'accoudoir, le regard plus sombre et insondable que jamais. Un regard envoûtant.

— Je t'ai raconté notre rencontre. Et cette alchimie indéniable entre nous.

— J'y crois volontiers, sinon je n'aurais jamais... On m'a éduquée toute ma vie à me montrer très prudente envers les inconnus. Surtout les hommes singuliers dans ton genre. Alors, j'ai du mal à imaginer m'être sentie en confiance en te rencontrant seule au milieu des ruines d'un temple.

— Tu ne l'étais pas, déclara-t-il. Tu étais nerveuse, au début. Mais tu avais besoin d'aide. Je t'ai proposé de venir chez moi pour te sécher. Tu m'as suivi et tu n'es pas repartie.

— Et ensuite, que s'est-il passé ?

Krav soupira. Le regard de Riot brûlait d'impatience. Il savait qu'elle mourait d'envie de connaître la suite de l'histoire. Jusqu'à présent, tout ce qu'il avait dit était vrai.

Il ne s'était jamais considéré comme un menteur, mais cette question ne le préoccupait pas beaucoup. Si un mensonge était préférable à la vérité, pourquoi s'en priver ? Et il avait pris sa décision avant qu'elle descende le rejoindre pour dîner : il ferait tout ce qui était en son pouvoir pour qu'elle devienne sa femme.

Il refusait d'être le seul parent dans la vie de Soriya. Ce serait dramatique. Il ne voulait pas que sa fille soit privée de sa mère comme lui l'avait été. Il ne gardait que de rares souvenirs de la tendresse maternelle qu'il avait reçue. En revanche, il se rappelait avec précision les coups que son père lui avait infligés. Sa cruauté. La façon dont il l'avait rabaissé.

Jamais il ne ferait subir ça à son enfant.

Il ne craignait pas de reproduire le comportement de son père.

Ce qui l'inquiétait, lui qui se targuait d'être expert dans la plupart des domaines, c'était de ne pas savoir apporter à Soriya ce dont elle aurait besoin.

Il était incapable du moindre sentiment.

C'est pourquoi mentir en cet instant lui semblait être la solution la meilleure.

Riot voulait une romance.

Il repensa à leurs nuits et aux moments qu'ils avaient passés ensemble. S'il avait été un autre homme, cela aurait été une histoire d'amour. Même s'il avait tout détruit à la fin.

C'était ce qu'elle voulait, alors pourquoi ne pas le lui donner si cela la rendait heureuse ?

Peut-être qu'alors il retrouverait cette parenthèse.

Cet instant où elle l'avait regardé avec joie et où il avait ressenti…

Comme un apaisement. En tant qu'héritier de l'empire Valenti, Krav ne s'arrêtait jamais, ne faisait pas de pause. Avec Riot, il avait eu le sentiment de se reposer.

Elle l'avait regardé et avait vu en lui un homme. Pas le monstre qu'il était.

Il voulait que cela recommence.

Elle a besoin d'y croire, c'est ce qui importe.

— C'était comme si tu avais toujours été là, finit-il par répondre. J'ai cuisiné pour toi. Nous avons passé quelques jours à la cabane dans les arbres, puis nous sommes allés en ville, dans l'un de mes hôtels. Ensuite, nous avons fait un séjour dans plusieurs pays d'Europe.

— J'ai dû tomber enceinte très rapidement, murmura-t-elle.

— Oui. Il faut dire que nous étions souvent… submergés par la passion.

Quand il vit les joues de la jeune femme se colorer, il fut pris d'une envie soudaine de la toucher.

— Que s'est-il passé quand je l'ai découvert ?

— Tu as eu peur, répondit-il.

Parce que c'était sans doute ce qu'elle avait ressenti.

Il repensa à l'expression qu'elle avait eue en lui annonçant la nouvelle.

Je suis enceinte.

Elle avait été heureuse en l'apprenant.

Mais il avait écrasé ce bonheur dans son poing.

Et si les choses s'étaient passées différemment ?

Il revint en pensée à ce dîner et, l'espace d'un instant, ce fut comme s'il y était à nouveau.

Il la revit, vêtue de cette robe rouge sublime, tandis qu'elle prononçait ces mots.

Je suis enceinte.

Cette fois, il faisait un choix différent.

Et cet autre Krav inventa une nouvelle histoire.

— Je t'ai dit… de ne pas t'inquiéter. Que nous resterions ensemble dans cette aventure.

Il parvenait même à s'imaginer la prenant dans ses bras, soulevant doucement son menton pour qu'elle le regarde et embrassant les larmes de joie qui coulaient le long de ses joues.

Dans cette version inventée, il était l'homme qu'il n'avait jamais été. Un homme qui savait se montrer tendre lorsque cela s'avérait nécessaire.

— As-tu déjà été marié ?

— Jamais.

— Tu étais pourtant prêt à m'épouser…

— Oui. Je n'avais pas prévu de devenir père, mais une fois que je l'ai su… je n'ai pas eu la moindre hésitation.

— Oh ! dit-elle, et les larmes jaillirent de ses yeux.

— Pourquoi pleures-tu ?

— Parce que… tu dis ça comme si tous les pères prenaient soin de leur enfant. Comme si tous les hommes se montraient protecteurs et responsables vis-à-vis des femmes qui portent leur bébé. Mais… cela n'a pas été le cas pour moi. Mon père était inexistant et ma mère ne s'est jamais occupée de moi. Ça, je ne l'ai pas oublié. Alors que je n'arrive pas à me souvenir de toi… de nous. Ça me brise le cœur. Parce que c'était sans doute le plus beau moment de ma vie.

Il prit une grande inspiration et endurcit son cœur pour le transformer en pierre. Il ne pouvait pas se permettre d'être touché par ce qu'elle venait de dire.

Bon sang, rien ne l'émouvait jamais dans la vie. Hormis la beauté de Riot. Sa beauté renversante était ce qui lui avait fait perdre le contrôle, au début. Et c'était toujours le cas.

— Nous allons tout remettre en ordre, je te le promets. Alors, tu sauras que tu dois être mon épouse. Ma femme.

— Merci, dit-elle doucement en baissant les yeux. Savoir que nous sommes amoureux, que tu m'aimes, c'est pour moi le plus beau cadeau dont je pouvais rêver.

Krav sut que cela signifiait qu'il devrait se montrer aussi sincère que possible avec elle. Tisser une histoire tellement convaincante que jamais Riot ne penserait qu'il ait pu lui mentir.

Si elle savait quel homme il était vraiment, quelle noirceur il portait en lui, elle s'enfuirait à nouveau, comme elle l'avait fait cette nuit-là.

Son seul espoir était qu'elle ne se souvienne jamais de la vérité.

5.

Riot eut du mal à s'endormir, la première nuit. Elle demanda qu'on l'emmène dans la chambre de Soriya et elle y passa un long moment. Elle prit son bébé dans ses bras et la contempla tout en la berçant.

Comment sa vie avait-elle pu être à ce point bouleversée en aussi peu de temps ?

Quand elle se réveilla le matin suivant, elle ne se rappela pas être retournée dans sa chambre et elle hésita avant d'ouvrir les yeux.

Et si tout cela n'avait été qu'un rêve ? Si elle se retrouvait comme avant, triste et seule en Géorgie, sans avoir vécu d'aventures ni d'amour passionnel ?

Elle se résolut néanmoins à ouvrir les yeux et, en apercevant le nuage de draperies roses de son ciel de lit, elle soupira de soulagement. Qu'importe son amnésie si elle se réveillait tous les matins dans ce lit à baldaquin !

Krav étant introuvable, elle alla chercher Soriya et joua avec elle, émerveillée par la facilité avec laquelle sa fille semblait l'accepter.

Elle se surprit à pleurer souvent au cours de la journée et se demanda si elle cesserait un jour d'être submergée à tout moment par l'émotion liée à cette situation.

— Il l'amenait vous voir tous les jours, lui précisa la nounou.

Riot se faisait encore aider de cette dernière, car elle ne voulait pas que, pendant qu'elle prenait ses marques avec

Soriya, celle-ci soit privée d'une source d'affection à laquelle elle s'était habituée.

C'était douloureux de constater que cette autre femme avait passé plus de temps avec son bébé qu'elle-même. Mais la nourrice avait le visage doux et bienveillant d'une mamie et tant que Riot la voyait de cette façon, tout irait bien.

D'autant plus que sa propre mère ne pourrait jamais remplir ce rôle envers sa petite-fille.

Qu'en était-il du côté de Krav ? Sa mère était-elle toujours en vie ? Si seulement Soriya pouvait profiter de la tendresse d'une grand-mère…

— Il a fait ça ?

— Oui, c'était très important à ses yeux que la petite s'habitue à vous, reprit la nounou.

Riot fut profondément touchée de cette attention.

Plus tard, dans l'après-midi, elles sortirent dans le jardin et elle étendit une couverture dans l'herbe pour allonger son bébé. La nourrice les laissa profiter de ce moment toutes les deux et retourna dans la maison.

Riot sourit en observant sa petite fille qui gazouillait gaiement. Elle leva les yeux vers le ciel bleu en se disant qu'elle avait une chance folle de vivre cela.

Cela ressemblait toujours à un rêve mais à mesure que les jours passaient, il devenait de plus en plus réel.

Elle prit l'habitude de passer chaque après-midi un moment merveilleux avec Soriya sur la pelouse.

Le seul aspect qui restait à améliorer concernait sa relation avec Krav. Riot ne parvenait pas à concilier ce qu'elle ressentait avec le fait qu'ils étaient censés être amoureux. Il y avait comme un malaise qu'elle n'arrivait pas à définir avec précision. Il se montrait pourtant doux et incroyablement patient avec elle.

Mais c'est seulement quand elle était seule avec Soriya qu'elle se sentait parfaitement heureuse, car alors tout était plus simple.

Elle regarda le ciel, son magnifique enfant à côté d'elle, et pour la première fois sa vie lui sembla… parfaite.

Krav observait Riot depuis le balcon, les mains fermement agrippées à la rambarde en marbre.

En la voyant avec l'enfant, il éprouvait un puissant sentiment de possessivité.

Il avait manqué de les perdre toutes les deux et cette idée le rendait fou.

Mais elles étaient là à présent. Riot était réveillée depuis une semaine et il avait gardé une distance respectueuse, essayant d'évaluer au mieux le degré de son amnésie.

Bien qu'il ne soit pas médecin, la probabilité que la mémoire lui revienne paraissait désormais infime. La jeune femme semblait heureuse et il ferait tout pour qu'elle soit à nouveau à lui.

Une fois qu'il aurait réussi, il n'avait aucun doute sur le fait qu'elle demeurerait auprès de lui. Avec Soriya.

C'est ce que Riot souhaitait, après tout. Du moins, ce qu'elle avait voulu. Krav n'était pas doué pour l'introspection, mais il savait qu'il avait mal agi. Et il le regrettait chaque jour qui passait.

Mais maintenant qu'elle était de retour, il avait la chance de pouvoir réécrire ce qui était arrivé.

Durant des mois, il avait vécu dans l'obscurité, sans pouvoir en sortir.

Il s'était emparé de cette femme magnifique et il l'avait brisée. Il avait manqué de causer la perte de son enfant.

Leur enfant.

À présent, la vérité s'imposait à lui comme un coup de poignard, car cette enfant était Soriya. Pas seulement une idée abstraite mais un petit être humain réel, sans défenses et dépendant.

Inventer une nouvelle histoire…

Riot était là. Soriya aussi.

À quoi bon ressasser le passé ?

Krav descendit les marches de l'escalier en marbre et rejoignit Riot sur la pelouse. Les longs cheveux blonds de la jeune femme s'étalaient autour d'elle comme un halo de lumière. Elle se redressa en l'apercevant et ses joues rosirent. Il fut pris d'un désir aussi intense que soudain. Peu importait combien de fois il l'avait prise, jamais il n'avait pu assouvir son besoin d'elle.

Elle était trop belle. Trop parfaite.

Il se souvint de la façon dont elle s'abandonnait dans ses bras, de la magie qu'ils créaient entre leurs corps. Tout cela allait au-delà du simple sexe. Depuis le départ.

Avant même que Riot découvre qu'elle était enceinte, il était sur le point de se séparer d'elle.

Parce que l'incendie qui les consumait ne se calmait pas. Il semblait seulement devenir plus intense et il n'y avait pas de place pour cela dans la vie de Krav.

Rien n'avait jamais été permanent dans son existence. Jusqu'à aujourd'hui. Il était déterminé à ce que Riot demeure auprès de lui pour toujours.

En revanche, il voulait à tout prix éviter de répéter les erreurs de son père.

Il avait failli suivre la même voie en abandonnant sa femme et son enfant.

Le sort lui offrait une seconde chance.

Jamais plus il ne les laisserait tomber.

— Il est rare que je te voie pendant la journée, murmura Riot en repoussant délicatement les cheveux qui tombaient sur son front.

Elle était si belle. Si délicate.

Elle prit Soriya dans ses bras et la serra contre sa poitrine.

— Je te cherchais.

— Nous venons ici tous les jours, répondit Riot en lui adressant un sourire. La petite adore être dehors.

— Tant mieux. Elle n'est encore jamais sortie de la propriété. C'est de cela que je voulais te parler. Nous n'avons pas… c'est-à-dire… notre liaison était secrète. De même que ta grossesse. Étant donné les circonstances entourant la naissance de Soriya… personne ne sait qu'elle existe. Ni que tu fais partie de ma vie.

— J'imagine qu'officialiser tout cela aura de l'importance, dit-elle doucement. Puisque tu fais partie d'une illustre famille…

Si elle savait. Il était l'un des hommes les plus riches du monde. Les médias le traquaient comme ils le feraient pour une star de cinéma. Le fait qu'il préserve sa vie privée ne faisait qu'accroître leur curiosité.

— Le fait que je me marie ou que j'ai eu un enfant suscitera de l'intérêt, confirma-t-il. Je pourrais très bien faire une annonce à la presse, mais je me demande s'il n'est pas plus simple que nous soyons juste… aperçus ensemble.

— Comment faisions-nous… avant ?

Krav hésita avant de répondre.

— Nous étions discrets. Après le Cambodge, nous avons un peu voyagé, mais nous sommes restés loin de Rome et des autres grandes villes. Nous avons passé du temps sur la côte amalfitaine, ajouta-t-il en scrutant son visage pour voir si cela lui rappelait quelque chose.

Mais Riot resta impassible.

— Je vois, dit-elle.

— Il est assez facile de rester à l'écart du monde dans ce genre d'endroits. Et je possède un grand nombre de résidences.

— J'étais donc ton amante secrète ?

C'était le cas, en effet. À cause de ce qu'elle lui faisait ressentir. En général, il se moquait de s'afficher en compagnie de ses maîtresses. Avec Riot, il avait éprouvé le besoin de se protéger dès le début. Leur lien n'était pas commun et il n'avait pas voulu le partager avec le monde.

Il n'avait pas voulu la partager, elle.

Cette nuit-là, après les funérailles de sa mère, il lui avait dévoilé une part de lui-même qu'il avait gardée cachée toute sa vie. Il avait brièvement levé ses barrières de protection et ensuite, il avait ressenti le besoin de tirer un rideau de fer autour de leur histoire, afin de garder secrète cette faiblesse qu'elle avait fait ressortir en lui.

— Alors, que me proposes-tu exactement ? reprit Riot en le regardant.

— Une sortie. En famille.

En voyant le sourire qui illuminait le visage de la jeune femme, il eut l'impression qu'une bombe venait d'exploser dans sa poitrine.

— Cela me ferait très plaisir.

— Tu te sens d'attaque ?

— Hormis le fait que je ne me souviens pas de ce qui a été l'année la plus importante de ma vie, je me sens merveilleusement bien. Je crois même que je n'ai jamais été aussi heureuse.

Krav repensa à ses paroles tandis qu'ils se préparaient pour sortir en ville. Riot vivait avec lui mais ils ne partageaient pas d'intimité. C'était très différent de la liaison passionnée qu'ils avaient vécue. À l'époque, la jeune femme passait parfois des journées entières nue, dans ses villas. Il renvoyait le personnel pour la semaine afin qu'elle puisse se prélasser au bord de la piscine et ne rien faire jusqu'à ce qu'il revienne du travail et s'empare de son corps.

Elle était tout ce qu'il avait toujours voulu, mais si le désir sexuel n'avait pas été l'objectif premier de leur histoire, jamais il n'aurait envisagé de vivre avec elle.

Comme les choses avaient changé…

Son désir, en revanche, était resté intact. Quand elle descendit l'escalier pour venir à sa rencontre, vêtue d'une robe blanche qui épousait parfaitement ses formes, il en eut le souffle coupé.

Et cette façon qu'elle avait de bercer leur enfant…

— Tu veux la tenir ? proposa-t-elle.

— Non, répondit-il.

— Ça ne me dérange pas, insista-t-elle avec un petit sourire.

— Tu as manqué le premier mois de sa vie. C'est bien que tu la gardes dans tes bras.

— D'accord, dit-elle en serrant la petite contre sa poitrine.

Il lui tendit la main et ils sortirent tous les trois par la porte d'entrée où une limousine les attendait.

— Cela semble irréel, murmura Riot.

Elle attacha soigneusement Soriya dans le siège bébé prévu à cet effet puis elle jeta un regard à Krav, comme si elle attendait qu'il confirme qu'elle l'avait bien accrochée.

— Ça m'a l'air parfait, dit-il.

Jusqu'à présent, il avait laissé faire les nounous et il évitait soigneusement de tenir sa fille dans ses bras.

Elle était si fragile et il… détruisait ce qui était fragile.

— D'accord, fit Riot avant de se glisser à son tour dans la limousine et de regarder autour d'elle, les yeux écarquillés.

— J'ai réservé dans l'un de mes restaurants préférés.

— Nous faisions ça souvent ?

— De temps en temps. J'aimais bien aussi te garder pour moi tout seul à la maison.

Elle afficha une expression si innocente qu'il se sentit vaciller. Cela lui rappela leur première rencontre.

Ensuite, elle avait appris ce qu'il aimait et toute la gêne qu'elle semblait avoir eue au sujet du sexe avait disparu.

C'était fascinant de la retrouver telle qu'elle était au début.

— Pour quelle raison ?

Il sourit, troublé. Était-ce le moment d'évoquer leur connexion physique ?

Il souhaitait avant tout établir les bases d'une relation solide entre eux.

Il avait la possibilité de transformer la vérité. Pourquoi ne le ferait-il pas ?

Pourquoi ne pas saisir cette chance ?

— J'aimais te garder à la maison car quand mon désir pour toi prenait le dessus sur le reste, nous pouvions nous abandonner librement à notre plaisir.

C'était un risque calculé. Parce que, qu'elle s'en souvienne ou non, ce feu, cette chaleur demeuraient aussi vivants qu'avant.

Cette alchimie unique transcendait tout ce que Krav avait connu dans sa vie.

Et il avait connu beaucoup de femmes.

Il était expert dans l'art de leur plaire et de les quitter en ne ressentant qu'un grand soulagement.

Ce qui brûlait entre eux était quelque chose de totalement différent. Il s'était longtemps persuadé que c'était à cause des circonstances de leur rencontre et du fait qu'il venait de perdre sa mère.

Mais à présent, cette vérité lui paraissait trop simple.

Peut-être était-ce davantage que cela.

Comme si c'était écrit.

Et Riot semblait heureuse de la situation.

— J'aimerais tant pouvoir me souvenir…

— Peut-être qu'il ne s'agit pas de se souvenir mais de… redécouvrir.

Lui, n'avait pas oublié. Il se rappelait tout. Dans les moindres détails. Jusqu'à la fin tragique. Quand leur histoire avait explosé.

Quand tu as tout détruit.

À ce moment, il était convaincu que c'était la seule voie possible.

Mais maintenant, elle était là de nouveau. Ils étaient ensemble.

— Tu as sans doute raison, répliqua-t-elle. J'essaie de me faire à l'idée que je suis une maman. Et j'ai du mal à voir précisément où tu te situes.

— Laisse-moi te le montrer.

Lui qui n'avait jamais fait preuve de tendresse envers quiconque éprouvait l'envie d'être doux avec elle. En cet instant, il avait le souhait de changer pour devenir un autre homme.

Celui qu'il aurait dû être quand Riot lui avait annoncé qu'elle allait avoir un enfant.

Celui qu'il n'avait pas su être. Il avait eu des mois pour intégrer le fait qu'elle avait fait une fausse couche. Avant d'apprendre que, par miracle, le bébé avait survécu. Puis il avait craint pour la vie de la jeune femme elle-même.

Quand celle-ci s'était réveillée en ne se souvenant de rien, il avait saisi l'occasion de tout changer.

Le restaurant était doté d'une terrasse extérieure. Il était très réputé pour la qualité de ses plats. Krav se rappela que Riot adorait aller dîner dehors avec lui. Il se souvint aussi comme, chaque fois, il avait hâte qu'elle termine son repas pour qu'ils retournent dans leur chambre et qu'ils fassent ce qu'il désirait par-dessus tout : la déshabiller et être à nouveau en elle.

Ce n'était pas ce dont il avait envie à présent et, à la réflexion, il appréciait même ce moment. Il la regarda se régaler de tous les plats.

— Je n'ai jamais rien goûté d'aussi délicieux !

— Si. C'est juste que tu ne t'en souviens pas. Nous sommes allés dans de très bons restaurants.

— Eh bien ! s'exclama-t-elle en riant. Dans ce cas, je peux te dire que je suis ravie découvrir ça à nouveau !

Leurs regards se croisèrent et il devina qu'elle ressentait le même désir que lui.

— Il y a peut-être d'autres choses qui méritent d'être redécouvertes... Bien que, de ton propre aveu, notre première fois ait été... ta première fois.

— Je ne te l'avais pas dit ?

— Non. Nous n'avions jamais évoqué notre passé et nos anciens amants.

— Avant toi, ma vie était seulement triste.

— Je ne trouve pas que tu sois quelqu'un de triste.

— Ça, c'est une information importante, fit-elle en lui adressant un grand sourire.

— Je suis heureux que tu le penses.

— Qu'en est-il de toi ? Avons-nous parlé de ton... passé ?

— Je suis beaucoup plus intéressé par mon futur potentiel. Avec toi.

Riot soupira de satisfaction et quand un serveur déposa devant elle un gâteau au chocolat, son visage rayonna de joie.

— Je suis désolée que nous n'ayons pas attiré l'attention

des médias comme tu le souhaitais, dit-elle en en avalant une première bouchée du dessert.

— Tu plaisantes ? répliqua-t-il. Nous avons été mitraillés par des paparazzis.

Elle le regarda, stupéfaite.

— Quoi ? On nous a pris en photo ? Comment ai-je pu ne pas m'en apercevoir ?

— Tu n'as pas l'habitude, contrairement à moi. De nos jours, les photographes utilisent souvent leur téléphone à la place des téléobjectifs qui sont très voyants. Mais c'est vrai qu'avec moi, ils font attention.

— Pour quelle raison ?

— Je leur fais peur, fit-il en souriant.

Elle frissonna et il le remarqua.

— Qu'y a-t-il ?

— Parfois, je sens ça chez toi. Un danger. Comme si tu étais… un prédateur, ajouta-t-elle avant de rire. Je ne sais pas pourquoi je dis ça. Ça semble stupide parce que tu es tout le temps merveilleux avec moi… C'est juste que…

Krav fronça les sourcils, soudain inquiet. Riot percevait donc les ténèbres qui l'habitaient. Cet aspect obscur de sa personnalité qui avait pris le dessus quand elle lui avait annoncé sa grossesse. Elle ne s'en souvenait pas mais elle le devinait.

Il l'avait brisée et avait failli tout détruire.

Durant tous ces mois, il l'avait surveillée indirectement, par l'intermédiaire de ses employés, mais pas une fois il n'avait eu le courage d'aller la voir, ou de prendre lui-même de ses nouvelles.

Il ne le méritait pas. Pas après ce qu'il avait fait. Mais à présent, tout avait changé. Et elle serait sa femme. Ils partageraient à nouveau le même lit.

Elle le croirait amoureux d'elle.

Elle prendrait soin de l'enfant.

Et cela serait suffisant.

— Eh bien, je suis rassuré que tu ne me prennes pas pour un prédateur, tout compte fait.

— Bien sûr que non, répliqua-t-elle. Tu es juste… un très bel homme.

Le compliment, sincère et spontané, le surprit et le toucha profondément.

— Tu me trouves beau ?

— C'est préférable à dangereux, non ?

— En effet.

Quand ils eurent fini de dîner, Krav lui proposa de faire une petite promenade dans les rues de Rome.

Tout en poussant le landau luxueux de Soriya, Riot s'émerveillait des beautés architecturales de la ville.

— Nous ne sommes jamais venus par ici, dit-il doucement.

La jeune femme soupira, visiblement soulagée.

— Tant mieux. C'est si déstabilisant de ne pas savoir ce que j'ai déjà vu ou pas…

— Je comprends.

— Être là avec toi en sachant que c'est la première fois me rend très heureuse, reprit-elle en lâchant d'une main la poignée du landau pour venir entrelacer leurs doigts.

Ils ne s'étaient jamais tenus par la main. Pas même à l'époque de leur liaison torride.

Ce geste paraissait trop… familier.

Mais à présent, ils se promenaient avec leur enfant comme une famille… normale. Et bien que ce soit précisément l'image que Krav avait voulu afficher aux yeux du monde, cela lui parut insupportable.

Très lentement, il dégagea sa main et même s'il sentit que Riot se raidissait légèrement, la jeune femme ne fit aucun commentaire.

— Je nous ai pris un rendez-vous, déclara-t-il.

— Un rendez-vous ?

Il l'invita à entrer dans une boutique qu'il avait fait ouvrir spécialement pour eux et elle découvrit, émerveillée, une série de robes blanches accrochées dans une penderie.

Des tenues qui lui iraient divinement. Il lui en avait offert à de multiples reprises par le passé et il connaissait ses goûts ainsi que sa taille ; il avait donc transmis ses consignes au couturier.

— Puisque nous allons nous marier, je me suis dit que tu pourrais commencer à réfléchir à la robe que tu aimerais porter. Tous ces modèles sont à ta disposition et peuvent être modifiés et adaptés selon tes souhaits.

— Je n'ai jamais… rien vu d'aussi beau. Mais c'est trop. En aucun cas je ne pourrai…

— Je suis milliardaire, Riot. Il n'y a rien que je ne puisse t'offrir. Nous pourrions acheter un vaisseau spatial et nous envoler dans l'espace dès ce soir si tu le voulais. Mais j'ai pensé que ce serait mieux de commencer par une acquisition plus modeste.

— Une robe de mariée… Je…

Elle s'interrompit et les larmes jaillirent de ses yeux. Troublé, il resta devant elle, figé. Pourquoi diable cette femme le mettait-elle continuellement dans des situations où il ne savait comment réagir ?

Il n'avait rien dit de blessant.

Et voilà qu'elle pleurait, comme une enfant.

— Je suis désolée, sanglota-t-elle. C'est juste que personne n'a jamais rien fait d'aussi gentil pour moi avant. Et ça me brise le cœur de ne pas me souvenir de notre rencontre. Tu as tout changé. Tout. Je me suis réveillée d'un coma profond et maintenant, j'ai l'impression de vivre un rêve. Tu m'as offert…

Elle se jeta dans ses bras, le visage pressé contre sa poitrine, et il sentit l'humidité de ses larmes s'infiltrer à travers sa chemise.

Il eut soudain le sentiment d'être… en feu. Il ne l'avait pas tenue ainsi contre lui depuis près d'un an. Cette femme… cette femme qui était entrée dans son existence et qui avait tout bouleversé. Il l'avait observée quand elle était allongée dans ce lit, sans bouger, pendant des semaines. Avant cela, il l'avait exclue de sa vie durant huit mois. Cela avait été une torture, mais ce n'était rien comparé à maintenant.

Car tout ce qu'il voulait à présent, c'était écraser ses lèvres contre les siennes et lui montrer ce qu'il y avait vraiment entre eux.

Un désir intense. Un besoin.

Agir, pour se débarrasser enfin de la douleur béante au creux de sa poitrine.

Mais tout ce qu'il pouvait faire, c'était la tenir dans ses bras.

— Je suis désolée, répéta-t-elle en essuyant les larmes de son visage. C'est tellement inattendu. Tu sais que ma mère m'a toujours traitée comme un fardeau. Je ne ferais jamais ça à Soriya, ajouta-t-elle en baissant les yeux sur le landau.

Tout à coup, Krav eut envie de se confier à son tour au sujet de son enfance. Pourquoi pas, après tout ? En cet instant, il n'était plus l'homme qu'elle avait fui lors de cette nuit pluvieuse. Il était celui qui avait réagi avec joie en apprenant sa grossesse. Celui qui l'avait prise dans ses bras et l'avait embrassée en la demandant en mariage.

Le menteur. Pas l'homme qu'il était en vérité.

— Mon père me traitait comme sa chose. J'étais son unique héritier, mais il ne m'aimait pas. D'ailleurs, il n'aimait personne d'autre que lui-même. Si seulement il avait eu la décence de me laisser vivre auprès de ma mère…

Krav pensa à la relation qu'il entretenait avec sa fille et il décida d'ignorer le parallèle avec sa propre enfance.

Il ne prenait pas Soriya dans ses bras, c'est vrai, mais il faisait ce qu'il fallait. Son père l'avait arraché aux bras aimants de sa mère pour l'emmener dans un lieu où il n'était rien de plus qu'une contrainte.

Il n'agirait pas ainsi.

Le visage de Riot était tout proche et il faillit lui relever le menton pour s'emparer de sa bouche.

Mais s'il l'embrassait, il ne pourrait plus s'arrêter.

Il ne savait pas de quelle manière l'approcher, mais il devinait que la douceur devait primer. Il devait refréner son désir, lui qui n'avait qu'une envie, la ramener à la maison et lui faire l'amour sauvagement. Lui montrer ce qui les avait liés. Pourquoi ils avaient fait cet enfant. Pourquoi elle était là. Pourquoi il ne pouvait pas l'oublier.

Contrairement à elle, qui ne se souvenait pas de lui.

Il manqua de rire en mesurant l'ironie de la situation.

Lui-même avait gommé de sa mémoire un nombre incalculable de femmes.

Et celle-ci était le plus grand regret de sa vie. Elle avait tout pris, tout retourné. Elle était partie et n'avait plus aucun souvenir de lui.

Ce n'était que justice, d'une certaine manière.

Et il en aurait ri, s'il n'avait pas eu l'impression que tout son corps était en fusion.

Riot s'écarta de lui quand le couturier entra dans la pièce et elle essuya les dernières traces de larmes sur ses joues.

Puis elle procéda à plusieurs essayages tandis que Soriya dormait dans son landau.

Krav se contenta de s'asseoir et d'admirer en silence sa belle silhouette enveloppée de soie et de satin, s'efforçant de contenir le feu accumulé en lui depuis des semaines.

— Je croyais que cela portait malheur que le marié voie la robe avant la cérémonie, dit-elle.

— Nous avons déjà eu notre part de malheur, tu ne crois pas ?

Elle lui sourit avant de disparaître à nouveau dans le vestiaire.

Le problème avec toutes ces tenues, c'est qu'il n'avait qu'une envie : les lui enlever.

Il serra les dents.

— Nous en prendrons trois, finit-il par déclarer au couturier. La première, la quatrième et la dernière.

— Je n'ai pas mon mot à dire ?

— Tu n'es pas d'accord avec ma sélection ?

— Grrr, tu as choisi mes trois robes préférées, grimaça-t-elle en souriant.

— Bien. C'est la preuve que nous sommes toujours aussi compatibles. Avec ou sans amnésie.

— Pourquoi trois ?

— Comme ça, tu pourras choisir celle qui te plaît le plus le jour même.

— C'est un peu excessif. Nous aurions peut-être dû opter pour le vaisseau spatial, finalement.

— Ne sois pas bête. Cela coûtera juste un peu moins cher.

— J'imagine…

— De toute façon, les milliardaires qui se lancent dans l'espace, c'est très surfait, de nos jours. Choisir trois robes de mariée, c'est beaucoup plus avant-gardiste.

Elle éclata de rire et il fut rempli d'un sentiment de joie pure. Comme il n'en avait pas ressenti depuis une éternité.

Il était fasciné de constater que l'homme qu'il était devenu dans cette histoire d'amour inventée de toutes pièces pouvait ressentir du plaisir. Rire. Et la faire rire.

Sur le chemin du retour, dans la limousine, Riot posa la tête sur son épaule en soupirant.

— Merci pour cette merveilleuse soirée, murmura-t-elle en jetant un regard empli de tendresse vers Soriya. Je me sens… je ne suis même pas sûre d'avoir besoin de me souvenir. Comme tu l'as dit, la découverte est peut-être plus importante.

Soudain, il fut déterminé comme jamais : il lui offrirait une vie de rêves. Une nouvelle histoire.

Elle n'avait pas mentionné de bague de fiançailles, mais elle ne tarderait pas à s'apercevoir qu'elle n'en avait pas. Il ferait tout ce qu'il aurait dû faire bien longtemps avant. Quand elle lui avait annoncé sa grossesse, il aurait dû la demander en mariage. Lui offrir une bague. Elle aurait tout cela, maintenant. Tout le romantisme qu'elle voulait. Il allait lui donner une raison de construire des bases solides avec lui. Elle allait découvrir qu'elle ne souhaitait rien de plus que de vivre en sa compagnie. Avec Soriya.

Il voulait oublier la femme qu'il avait détruite. Qui avait trébuché sous la pluie en se blessant.

Il voulait remplacer ces images de malheur et faire d'elle la plus heureuse au monde.

Riot aurait la plus belle demande en mariage qu'on puisse imaginer.

Tout ce qu'une femme peut désirer.

En cela, il était déterminé.

6.

Riot s'éveilla le lendemain sur un petit nuage, comme une adolescente en proie à son premier béguin. Malgré leur sortie de la veille dans les rues de Rome, la situation demeurait toujours aussi étrange.

Pourtant, elle voulait y croire. De toutes ses forces.

Après tout, Krav lui avait offert ces robes sublimes…

Tu n'as pas de bague de fiançailles…

Elle l'avait remarqué, bien sûr, mais plusieurs raisons pouvaient l'expliquer.

Elle ne l'avait jamais questionné au sujet de son accident. Était-il présent sur les lieux ?

Il faudrait le lui demander.

La veille au soir, ils avaient passé un moment très agréable. Elle qui n'avait jamais pensé se marier un jour s'imaginait sans difficulté épouser Krav. Devenir sa femme. Après tout, y avait-il sur terre un homme plus parfait ?

Leur fille Soriya était déjà une pure merveille. Riot n'avait pas beaucoup d'expérience avec les enfants mais elle adorait s'occuper d'elle.

Alors qu'elle était perdue dans ses réflexions, Krav entra dans la salle à manger et lui annonça qu'ils partaient pour Paris.

— Y suis-je déjà allée ? demanda-t-elle, le cœur battant.

— Non.

— Eh bien, j'en suis heureuse. Je n'aurais pas aimé que ma première visite à Paris se perde dans les brumes de mon esprit.

Riot sourit de bonheur. Il allait l'emmener à Paris !

Elle se demanda à quel moment ils allaient retrouver une… intimité. Elle avait discuté avec son médecin et savait qu'elle était encore en train de se remettre des suites de son accouchement. Ou plutôt, c'était vrai jusqu'à récemment. Elle n'avait plus ni saignements ni douleurs, et cela signifiait qu'elle pouvait reprendre une vie sexuelle normale.

Une situation assez cocasse pour quelqu'un qui ne se rappelait même pas avoir déjà fait l'amour dans sa vie.

Elle pensait être au bout de ses surprises mais en découvrant le jet privé de Krav, elle fut stupéfaite. Elle avait compris qu'il était riche mais elle n'avait pas encore mesuré à quel point. Dans sa petite ville de Géorgie, les plus fortunés circulaient dans de grosses voitures, habitaient des maisons aux allures de palais coloniaux et arboraient un tas d'accessoires plus voyants les uns que les autres.

Krav était à l'opposé de tout cela et Riot comprenait à présent qu'il existe un type de richesse qui ne s'expose pas en public. Son fiancé vivait dans un luxe discret et ne cherchait pas à attirer l'attention.

Mais malgré ses efforts, tout le monde avait les yeux fixés sur lui. Quel que soit l'endroit où il se trouvait, les gens ne pouvaient détacher le regard de cet homme fascinant.

D'ailleurs, elle non plus n'y parvenait pas.

Et cette attirance entre eux…

Il ne l'avait pas encore touchée. Il avait montré tant de sollicitude à son égard qu'elle s'était demandé s'il la désirait encore.

Parce que, de son côté, elle le désirait. Elle sentait cette brûlure inconnue la dévorer jour après jour.

Jamais elle n'avait éprouvé cela auparavant, mais elle savait de quoi il s'agissait. Elle avait envie de lui. Malgré toute cette confusion. Elle était profondément curieuse de savoir ce que ça ferait d'être touchée par lui. Elle se sentait même jalouse de la femme qu'elle avait été avant son accident. Une femme qu'il avait embrassée, qu'il avait caressée. Cette pensée la fit rire.

— Qu'y a-t-il ? lui demanda Krav.

— Rien, répondit Riot en baissant les yeux. C'est idiot.

Elle reporta son attention sur le jet magnifiquement aménagé. L'appareil comportait plusieurs cabines, dont une nurserie dans laquelle les nounous avaient emmené Soriya. Riot aurait préféré s'en occuper elle-même, mais Krav avait insisté pour qu'elle ne soit pas dérangée pendant le vol. Elle avait encore besoin de récupérer après son coma et elle avait été touchée de cette attention.

— En fait, je m'aperçois que je suis un peu jalouse de moi-même, avoua-t-elle en rougissant.

— Que veux-tu dire ?

— Nous avons été… ensemble mais je n'en ai aucun souvenir. C'est donc comme si tu avais fait l'amour avec une autre que moi.

— Et tu es jalouse de cette femme, murmura-t-il d'une voix basse qui lui rappela le feulement d'un tigre.

— Inutile d'avoir l'air si content de toi.

— J'apprends que ma fiancée me désire et je devrais faire la tête ?

— Tu croyais que ce n'était pas le cas ?

Elle vit les traits de son visage se tendre tandis qu'il semblait réfléchir à ce qu'il allait lui répondre.

— La situation a changé entre nous, tu ne peux le nier, répondit-il. Je ne prends rien pour acquis. Tu n'es pas… différente mais nous ne vivons plus dans la même époque. Notre passé est effacé et il nous revient de faire de notre mieux pour nous forger un avenir ensemble.

— Je ne pense pas que cela sera trop difficile.

— Je suis heureux de l'entendre. Veux-tu boire quelque chose ?

Riot accepta une coupe de champagne. Elle n'avait pas bu d'alcool depuis son réveil et, avant cela, n'avait jamais été une grande buveuse. Elle n'allaitait pas Soriya à cause de son coma, une autre chose qui lui avait été volé, avec sa grossesse et son accouchement. Elle décida de ne plus faire le compte de ce qu'on lui avait enlevé pour se concentrer sur ce que la vie lui avait offert. Mais tout de même, elle avait besoin de savoir.

— Pourquoi suis-je tombée dans le coma ?

— Tu as eu un accident.

— J'étais seule ou tu étais avec moi ?

— Tu étais seule et c'est l'un de mes regrets. C'était le matin. Tu as été percutée par un conducteur qui avait fait la fête toute la nuit.

— Ça devait être très tôt.

— Oui. Tu étais… C'était… Quand j'ai appris la nouvelle de ton accident, j'ai perdu tout contrôle, ce qui ne m'était jamais arrivé auparavant. Enfin, depuis que je t'ai rencontrée, je n'ai cessé de me remettre en question. Au sujet de mes certitudes… de mon pouvoir. C'est sûrement bénéfique mais je t'avoue que je n'en ai pas apprécié un seul instant.

Il y avait une crudité dans son aveu qui la troubla tant qu'elle le pressa de poursuivre.

— Ensuite, on t'a emmenée à l'hôpital et il a fallu procéder à une césarienne en urgence. C'était grave. Pendant un moment, nous ne savions pas si toi et le bébé alliez survivre.

— Ça a dû être terrible pour toi, murmura-t-elle. Sans doute pour moi aussi, mais je ne me souviens de rien.

— Tu étais inconsciente. Tu as été blessée à la tête lors de l'impact.

— Donc, j'ai subi une césarienne.

— Oui. Et Soriya est née. Elle a été surveillée de près car elle était un peu prématurée, mais indemne. Ton… corps l'a protégée. Presque au détriment de toi-même. C'était un véritable miracle.

— Eh bien, au moins, il y a eu ça.

— Je t'ai ramenée chez moi. Je ne voulais pas te laisser seule à l'hôpital. Et j'ai engagé la meilleure équipe médicale possible pour te surveiller 24 heures sur 24. Un mois après l'accident, tu es sortie du coma en ayant oublié tous les moments que nous avions passés ensemble.

— Tu as tant fait pour moi, Krav. C'est une drôle de façon de te remercier que de perdre la mémoire.

Il détourna le regard.

— Tu es là maintenant. C'est ce qui compte. À bien des égards, notre relation a progressé assez rapidement. Et puis, ce n'est pas comme si nous avions été en couple depuis des années.

— Tout est tellement soudain… Je ne suis pas habituée à cela.

— Moi non plus. Il est vrai que notre situation est singulière.

— Tu n'as pas de regrets, n'est-ce pas ? Parce que tu pouvais te débarrasser de moi. Tu aurais pu me raconter n'importe quoi.

— Si je t'ai amenée ici et gardée auprès de moi, c'est pour une bonne raison.

Elle mourait d'envie qu'il lui dise que c'était parce qu'il l'aimait. C'était forcément le cas, non ?

Mais elle s'aperçut tout à coup qu'il n'avait jamais prononcé ces mots.

Tout était allé tellement vite…

Tu es tombée enceinte.

Et si Krav avait fait cela seulement à cause de cette grossesse ? Quand sa mère s'était retrouvée dans cette situation, cela n'avait rien pourtant changé. Riot ne connaissait même pas son père. Une grossesse n'impliquait pas forcément qu'un homme vous épouse, vous soutienne et vous offre une surveillance médicale continue dans son manoir.

Non. Qu'importe que Krav l'ait dit ou pas. Peut-être aurait-elle le courage de le lui demander… quand elle-même serait capable de lui avouer ses sentiments. Car bien qu'elle ne se souvienne même pas avoir embrassé cet homme, elle commençait à ressentir pour lui ce qui ressemblait à… de l'amour.

Celui qu'elle éprouvait pour Soriya avait été immédiat. Dès qu'elle avait vu la petite fille, non seulement Riot avait su que c'était la sienne, mais elle avait eu la conviction intense qu'elle protégerait cette enfant quoi qu'il en coûte.

Qu'elle l'aimerait, au détriment de tout le reste.

Cela devait donc être logique qu'elle ait l'impression de tomber amoureuse de Krav.

Il avait répondu à ses questions au sujet de l'accident et, à présent, elle était plutôt rassurée de ne rien se rappeler. Cela avait dû être terrifiant…

Le vol fut presque trop court et ils atterrirent rapidement à Paris. Riot se sentait détendue et heureuse. Peut-être était-ce lié à la coupe de champagne qu'elle avait bue pendant le vol, mais elle ne se rappelait pas avoir été aussi bien de toute sa vie.

— Jaia a-t-elle cherché à avoir de mes nouvelles ? demanda-t-elle soudain en repensant à sa colocataire.

— Cette fille t'a abandonnée dans la jungle et je ne pense pas qu'elle se soit beaucoup souciée de toi depuis, répondit Krav tandis qu'ils montaient dans une limousine qui les attendait sur le tarmac.

— Pas étonnant que je sois si heureuse avec toi, répliqua Riot. Tout le monde dans ma vie d'avant était si…

— Inutile, compléta-t-il en souriant.

Mais derrière le sourire de Krav, elle perçut quelque chose de sombre. Un danger.

Il la connaissait, avec ses forces et ses faiblesses. Il se souvenait de tout ce qu'elle lui avait dit. De son côté, elle en savait très peu sur lui. Et même si elle devinait certains aspects de sa personnalité, la situation lui semblait injuste.

— Tu as raison, admit-elle.

— Ces gens n'étaient pas dignes de toi. Je ne crois pas que Jaia ait jamais demandé où tu étais. Elle a dû être jalouse quand tu lui as annoncé que tu étais partie avec moi. C'est normal : sa plus grande victoire pendant votre voyage a été de coucher avec un routard dans une auberge miteuse.

Riot ne put s'empêcher d'éclater de rire.

— C'est tellement méchant ! Mais tu sais, Jaia a probablement apprécié ce moment.

— Sans doute.

— Et moi, tu crois que je devrais être fière ? Quand je me suis enfin décidée à coucher avec quelqu'un, je suis tombée sur un milliardaire.

— Tu l'ignorais alors, répliqua-t-il en riant à son tour. Tu ne savais pas qui j'étais, ajouta-t-il en lui lançant un regard grave.

— Ça me plaît, déclara-t-elle.

Ils furent conduits jusqu'à un grand appartement au centre de Paris. Ultra-moderne et luxueux, celui-ci surplombait la ville et offrait de larges baies vitrées entourées de pierres sculptées. C'était tout simplement magnifique.

Sans pouvoir s'en empêcher, Riot tournoya dans le salon comme si elle dansait, la tour Eiffel derrière elle, et quand elle s'immobilisa, essoufflée, elle était tout près de Krav. Si près qu'il lui aurait semblé naturel de réduire la distance entre eux par un baiser.

Soudain, elle sut sans l'ombre d'un doute qu'elle avait embrassé cette bouche des centaines de fois auparavant.

Alors qu'une chaleur qu'elle connaissait bien naissait au creux de son ventre, Riot fut retenue dans son élan, sans comprendre pourquoi.

Une douleur subite dans sa poitrine l'empêcha de respirer. Et de poser ses lèvres sur celles de Krav.

— Que se passe-t-il ?

— Rien, répondit-elle. Je suis juste… tellement excitée d'être ici… avec toi.

Elle mit de côté son désir et sa souffrance pour profiter de ce sur quoi elle pouvait compter avec certitude : ce moment avec lui.

Ils se promenèrent dans la ville avec Soriya dans son landau. Ils visitèrent les Champs-Élysées et la tour Eiffel, et marchèrent le long de la Seine.

Riot, ravie, se mêla à la foule joyeuse et découvrit avec bonheur les bouquinistes et les artistes de rue. C'était sa première fois à Paris mais surtout, elle avait peu eu l'occasion dans sa vie de voyager dans de grandes villes. Le contraste avec la petite cité de Géorgie où elle avait toujours vécu était frappant. L'agitation et l'énergie qui régnaient dans Paris et Rome ne cessaient de l'émerveiller.

De retour à l'appartement, elle fut prise en main par une armée d'esthéticiennes, coiffeuses et maquilleuses. On lui prodigua un soin du visage avant de la coiffer et de la vêtir d'une robe haute couture rouge drapée qui épousait parfaitement ses formes.

Quand elle jeta un œil à son image dans le miroir, Riot eut du mal à se reconnaître.

Depuis le temps, elle aurait dû être habituée à ces métamorphoses, mais ce n'était pas le cas.

La femme en face d'elle était sophistiquée et parfaitement maquillée. La nuance de son rouge à lèvres était audacieuse. Jamais auparavant elle n'aurait osé choisir cette teinte.

Mais c'était la femme que Krav aimait. Celle qu'il allait épouser.

Où est ta bague ?

Son cœur s'emballa soudain dans sa poitrine.

Ce soir serait-il le bon ?

Tout en contemplant son reflet dans le miroir, Riot prit sa décision. Bague ou pas, ce soir, elle allait l'embrasser. Qu'importaient les anciens souvenirs ou les sentiments passés.

Au diable l'injustice de la situation, le fait qu'il en savait plus sur elle et que des pans entiers de sa propre vie lui échappaient.

Elle se créerait de nouveaux souvenirs et suivrait sa propre voie.

Elle commencerait par un baiser et verrait jusqu'où cela la mènerait.

Elle en avait marre d'être jalouse de celle qu'elle avait été. Une version de Riot à laquelle elle n'avait pas accès.

Elle n'avait jamais été à la hauteur de son prénom. Du moins, pas dans ses souvenirs. Ce soir, elle décida qu'il signifierait enfin quelque chose.

Bien sûr, elle était un peu nerveuse à l'idée de laisser Soriya, mais elle avait besoin de passer cette soirée seule avec Krav.

Quand elle sortit de la chambre et qu'elle le vit dans le salon, elle en eut le souffle coupé.

Il portait un costume sombre sur mesure qui mettait en valeur son corps mince et sculpté, et le faisait paraître encore plus grand. Il était stupéfiant de beauté mais même ainsi paré, il dégageait une férocité qui la fit frissonner malgré elle.

Ce danger.

Ce tigre.

Sentirait-elle chaque fois cette obscurité sous-jacente quand elle serait près de lui ? Saurait-elle un jour pourquoi ?

— Je sais déjà que tu es gourmande, mais j'espère que tu aimes aussi danser.

— Oui. Tu me connais si bien…

Et moi, je ne sais rien de toi.

Cette pensée inquiétante s'imposa à elle mais elle la chassa de son esprit. N'avaient-ils pas passé tout ce temps à mieux se connaître ? Et Krav avait été gentil et attentionné depuis son réveil.

Elle mit donc de côté ses craintes et prit la main qu'il lui tendait pour se laisser conduire jusqu'à l'ascenseur, puis dans la rue où une voiture les attendait. Cette fois, ce n'était pas une limousine mais une berline de sport rouge, assortie à sa robe.

Krav se mit au volant, capote baissée, et ils traversèrent les rues de Paris dont les lampadaires s'allumaient les uns après les autres.

Le restaurant ressemblait à une villa privée et l'intérieur lui fit la même impression d'intimité luxueuse, avec ses tables richement parées.

— Ici, il n'y a pas de menu, précisa-t-il lorsqu'ils furent installés.

Riot comprit ce que cela signifiait lorsque les serveurs leur apportèrent une sélection de plats plus raffinés les uns que les autres. Elle se régala du début à la fin et, lorsqu'ils quittèrent le restaurant, Krav la conduisit à pied jusqu'à un autre bâtiment d'apparence anodine qui se trouvait non loin de là. Elle comprit qu'il s'agissait d'une boîte de nuit chic.

Pour la première fois depuis qu'elle avait ouvert les yeux et l'avait vu, il la prit dans ses bras sur la piste de danse. Et son corps entier s'embrasa.

Serrée contre son torse puissant, elle comprit comment elle avait pu s'offrir à lui, quelques instants seulement après l'avoir rencontré. Son amnésie était l'unique raison pour laquelle ils ne s'étaient pas encore abandonnés à leur passion. Elle le savait. Il était inquiet pour elle. Sinon, ils auraient déjà…

Soudain, elle eut peur.

Elle avait eu un enfant depuis leur dernière rencontre et elle portait une cicatrice sur le ventre. Peut-être n'était-elle plus aussi belle qu'avant. Et s'il ne voulait plus d'elle ?

— Tu es magnifique, chuchota Krav à son oreille comme s'il lisait dans ses pensées.

— Vraiment ? murmura-t-elle, troublée.

— Tu es la plus belle femme que j'ai vue de ma vie, Riot. C'était vrai quand je t'ai regardée pour la première fois dans les ruines et c'est encore plus vrai ce soir. Sans doute à cause de tout ce que tu as supporté. De tout ce que tu es. Ta beauté et ta force. Tu as enduré une telle cruauté de la part du monde. Je vais me donner pour mission de te protéger de tout malheur à partir de maintenant.

Ils quittèrent la piste de danse et il la mena jusqu'au toit en terrasse. Là, il se mit à genoux devant elle et, tandis que des feux d'artifice explosaient au-dessus de la ville, illuminant la tour Eiffel, il lui présenta un écrin contenant une sublime bague de fiançailles en diamants.

C'était comme si Krav avait organisé ce moment juste pour eux. Peut-être était-ce le cas, au fond…

— Oui, dit-elle sans hésiter. Je serai ta femme.

Sans même se relever, il la saisit par la taille et l'attira à lui avant de plaquer les lèvres sur les siennes dans un baiser fougueux.

Tout le corps de Riot s'enflamma comme un brasier ardent.

7.

Krav ne put réprimer un soupir de soulagement. Elle avait dit oui. Elle serait à lui. Il l'épouserait dès que possible mais avant cela, il la marquerait avec toute la passion qu'il sentait couler dans ses veines. Pour assouvir ce désir qui avait rugi en lui comme une bête durant tout ce temps. Tous ces mois. Depuis qu'il l'avait vue pour la première fois.

Ce désir qui ne s'était jamais apaisé.

Qu'il soit monstre ou homme, cela ne changeait rien.

En cet instant, il s'en moquait. Elle avait dit oui, et elle allait devenir sa femme.

Il approfondit leur baiser, glissant la langue contre la sienne. Il avait tellement envie d'elle qu'il n'était pas certain de parvenir à se contrôler. Il ne pensait qu'à une chose : la déshabiller et être en elle. Mais même s'il avait fait en sorte de privatiser cette terrasse, ils avaient besoin d'un lieu plus intime.

La jeune femme gémit et se cambra contre lui. Il la connaissait. Même si c'était un avantage injuste, il savait ce qu'elle aimait, ce qu'elle désirait. Il savait comment lui faire crier son nom, comment la faire supplier pour en avoir plus. Il l'avait fait souvent.

Mais pour elle, c'était la première fois.

Cette pensée aida Krav à se retenir et à adoucir son étreinte.

Il avait pris sa virginité une fois et il allait le refaire.

Qu'allait-il changer, à présent qu'il savait être le seul homme à l'avoir jamais touchée ? Maintenant qu'il savait qu'il l'aurait pour toujours.

Qu'elle était sienne.

Au fond, ne l'avait-il pas su dès le premier instant ?

Sa véritable erreur avait été de nier l'évidence. Croire que Riot ne le ferait pas dévier de sa route.

Maintenant, il avait changé de cap et fait en sorte qu'elle soit à lui pour la vie.

Et avec les années, la vraie histoire deviendrait celle-là.

Pas celle de ses erreurs.

Pas celle de sa noirceur.

Elles seraient toutes les deux à ses côtés. Riot et Soriya.

Et tout serait comme il se doit.

— On rentre à la maison ?

— Oui, chuchota-t-elle.

Krav regretta de ne pas avoir choisi une limousine. Ainsi, il aurait pu abaisser une vitre pour les séparer du chauffeur et la prendre sur la banquette arrière. Ou, au moins, remonter sa robe et enfouir le visage entre ses cuisses pour la faire gémir au milieu des embouteillages. Cela lui aurait permis d'assouvir pour quelques instants le désir qui le dévorait.

Au lieu de cela, il allait devoir patienter et, évidemment, le trajet de retour lui sembla durer une éternité.

Dès qu'ils entrèrent dans l'ascenseur, il fut incapable de se retenir davantage. Il plaqua Riot contre la cloison et lui tint les poignets au-dessus de la tête tout en embrassant son cou et ses épaules.

— Krav !

— Tu as envie de moi ? demanda-t-il d'une voix rauque en lui lançant un regard incandescent.

— Oui, gémit-elle. S'il te plaît…

— Sais-tu ce pour quoi tu me supplies ?

— Non, dit-elle en secouant la tête. Mais je le sens…

— Tu veux que je te le dise ? Parce que moi, je le sais. Je sais exactement ce que tu aimes.

Il glissa la main sous sa robe, jusqu'à atteindre le cœur vibrant de son intimité, et il commença à la frotter doucement, tandis que le regard de la jeune femme devenait trouble. Il la vit s'abandonner à cette caresse, le souffle court et, très vite, elle bougea les hanches, en rythme avec le mouvement de ses doigts.

— Tu aimes ça, fit-il. Mais tu préfères quand c'est ma bouche que je mets là. Quand je te lèche lentement et que je goûte chaque once de ton désir pour moi. Quand je glisse un doigt en toi, puis un autre, et que j'imite ce que nous voulons vraiment tous les deux. Tu aimes beaucoup ça.

— Krav…

— Je n'ai pas terminé. Tu aimes que je le fasse jusqu'à te faire crier. Que je te dévore comme si j'étais affamé. Ce que je suis. Comme toujours avec toi. Tu aimes aussi que je fasse ça.

Il prit la main de Riot et la guida jusqu'à son pantalon pour qu'elle sente le renflement dur de son érection.

— Tu aimes que je me déshabille et que je joue avec mon sexe gonflé de désir contre ton corps. En te pénétrant presque, puis en me retirant. Pour te rendre folle. Jusqu'à ce que tu me supplies de te remplir. Tu adores me supplier. Et j'adore que tu le fasses.

Elle ferma les yeux.

— Regarde-moi, ordonna-t-il, et elle obéit. Tu es sur le point de me supplier, n'est-ce pas ?

— J'ai… j'ai besoin…

— Je sais précisément ce que tu veux. Quand nous serons dans la suite, je te donnerai tout ce que je t'ai promis. Et plus encore. Mais il faudra me supplier pour ça.

— Oui…

Quand l'ascenseur atteignit leur étage, il eut du mal à se retenir de la prendre sur-le-champ. Mais il voulait faire durer cette torture. Ils adoraient tous les deux se rendre fous de désir. Se provoquer. Retarder l'instant de félicité pure où il entrait en elle. Parfois, ils ne tenaient que trente secondes. Un soir, au Cambodge, après un dîner au restaurant, ils avaient à peine pris le temps de fermer la porte de leur appartement avant qu'il la pénètre. Ils avaient aussi passé des nuits entières à se taquiner, se goûter, à retarder cette libération ultime aussi longtemps que possible.

Avec elle, c'était toujours l'aventure.

Mais ce soir, il savait qu'il ne parviendrait pas à jouer longtemps. Soriya dormait tranquillement avec sa nounou dans une autre pièce, comme il l'avait demandé.

Il conduisit Riot directement dans leur chambre.

— Je veux te voir nue, dit-il.

Elle sembla se tendre et prit soudain un air timide.

— Qu'y a-t-il ?

— Je suis différente.

— Tu es magnifique.

Il la prit dans ses bras et l'embrassa tout en baissant la fermeture Éclair de sa robe. Puis il se recula pour la contempler et le désir s'empara de lui, plus puissant que jamais.

Ses courbes étaient plus voluptueuses que lors de leur première rencontre. Elle portait une petite cicatrice à l'endroit où leur fille avait été mise au monde. Pour lui, cette marque était une preuve de force, de cette époque dont elle ne se souvenait pas.

Ce temps perdu pour elle et qu'il avait enterré pour toujours au fond de sa mémoire.

Ce temps où ils avaient été séparés.

Il avait été certain de l'avoir brisée et pourtant, elle se tenait maintenant devant lui, plus forte que jamais. Quel miracle…

Il dégrafa son soutien-gorge en dentelle et révéla la splendeur de ses seins. Enfin. Pour lui seul.

Son corps lui était familier mais c'était comme s'il le découvrait à nouveau pour la première fois.

— Je sais où je veux te prendre.

Il lui saisit la main et la conduisit jusqu'au bord du lit. Puis il lui enleva sa culotte et la fit asseoir. Il lui écarta les cuisses et se mit à genoux devant elle.

— Je t'ai décrit exactement comment ça allait se passer, dit-il en levant les yeux vers elle. Me supplieras-tu ?

Elle commença à resserrer ses genoux.

— Je ne me souviens pas…

— Moi si. Crois-moi. Je t'ai goûtée de nombreuses fois et je suis affamé de toi. J'ai été privé de ce bonheur pendant trop longtemps.

Plus longtemps que ce qu'elle croyait.

Dix mois sans ce corps. Sans sexe du tout. Et même s'il avait eu cent femmes depuis que Riot avait quitté son lit, cela n'aurait eu aucune importance.

Il la désirerait tout autant. Parce que le sexe pour le sexe ne le satisferait jamais. Il fallait que ce soit elle. Seulement elle.

— Je t'en prie…, chuchota-t-elle.

Et il accepta sa demande.

Il pressa la bouche entre ses cuisses, sur les plis lisses, la goûtant comme un nectar sacré. Il la lécha lentement et méthodiquement, se perdant en elle. Dans les gémissements de plaisir qu'elle émettait, dans la façon dont elle s'agrippait à sa tête et se tenait contre lui.

Elle le désirait.

Et lui ne voulait rien de plus que de se noyer.

Il enfonça les doigts au cœur de son intimité tout en poursuivant les mouvements de sa langue selon un rythme toujours plus rapide.

— Je t'en supplie, je t'en supplie, cria-t-elle, et il sentit l'orgasme exploser sous ses caresses.

Lui-même était presque libéré. Presque…

— Mon Dieu…, souffla-t-elle en souriant.

Elle commença à lui déboutonner sa chemise et il l'aida à le déshabiller, encouragé par le soupir qu'elle laissa échapper en le voyant nu.

— Tu es si beau… Oh ! Krav !

Elle se pencha en avant et embrassa son torse en descendant le long de ses abdominaux. Il savait ce qu'elle voulait faire mais ce soir, il n'aurait pas la force d'y résister. Alors, à la place, il l'allongea sur le lit et vint se placer au-dessus d'elle, bougeant les hanches d'avant en arrière pour qu'elle sente contre ses cuisses la puissance de son sexe en érection. Jusqu'à ce qu'elle ne tienne plus.

— Je t'en supplie, sanglota-t-elle.

— De quoi me supplies-tu ?

— Viens en moi. J'ai besoin que tu sois en moi.

Il lui souleva les hanches et la pénétra profondément. Le cri de Riot résonna dans la pièce tandis qu'il commençait à bouger, se perdant dans leur rythme.

Le rythme unique qu'ils avaient trouvé ensemble. Krav oublia tout. Il n'était plus que sensation et plaisir. Il était submergé.

Il n'était plus question de sa première fois à elle.

C'était la sienne.

Il s'enfonça à nouveau et elle hurla, l'orgasme la traversant et déclenchant celui de Krav. Il grogna et perdit le contrôle, s'enfonçant en elle une dernière fois tandis qu'il se libérait dans un spasme.

— Riot, chuchota-t-il contre son oreille.

Elle maintint sa tête contre sa poitrine en lui caressant les cheveux, comme s'il était une bête sauvage qu'elle tentait d'apprivoiser.

C'était peut-être le cas, tout compte fait.

— Je t'aime, murmura-t-elle. Oh ! Krav, je t'aime.

Il avait réussi. Il avait restauré ce qui était perdu entre eux. Et elle serait à lui.

Sa bouche se courba en un sourire tandis qu'il l'attirait dans ses bras et qu'elle reposait la tête sur sa poitrine.

Il avait gagné la guerre.

La guerre contre lui-même, et contre les ténèbres de son âme.

Riot était à lui.

Il n'avait plus aucun doute à ce sujet.

8.

Quand elle ouvrit les yeux, il pleuvait. Krav la tenait toujours dans ses bras et Riot entendait son cœur battre contre son oreille. Elle entendait aussi la pluie tomber sur le toit et les fenêtres.

Cela créa un écho étrange au fond de son esprit.

Pour une raison mystérieuse, elle se sentit attirée par cette résonance. La chambre principale comportait un balcon. Riot se glissa hors des couvertures, loin de la chaleur du corps de Krav, et resta un moment là, assise, à le contempler.

Il dormait, mais il continuait de dégager la même intensité. Sa force, le danger qui irradiait de lui étaient toujours là et elle ne put réprimer un frisson. À quoi était-ce dû ?

Il n'était rien d'autre qu'un amant romantique et il s'était comporté envers elle avec une sollicitude et une douceur extrêmes. Elle n'avait aucune raison de ressentir cette crainte.

Elle l'aimait.

Elle comprenait maintenant pourquoi elle était tombée amoureuse de lui.

Les choses qu'il avait faites à son corps étaient magiques. Pas étonnant qu'elle se soit donnée à lui si facilement, la première fois.

Mais il y avait plus. Il lui avait offert le monde. Littéralement. Et pour une fille d'une petite ville de Géorgie, cela représentait tout. Krav ne ressemblait à rien de ce dont elle aurait pu rêver. Des jets privés, Paris, une demande en mariage sous les feux d'artifice à l'ombre de la tour Eiffel…

Comment ne pas l'aimer ?

Riot traversa la chambre et se tint devant la porte vitrée qui donnait sur le balcon. Elle regarda la pluie tomber à verse. Puis elle ouvrit la porte et sortit.

Elle était nue et, bizarrement, cela ne la gênait pas. Les gouttes d'eau ruisselaient sur son corps mais elle n'avait pas froid. Puis il y eut comme un flash et elle se revit, face à lui, au milieu des ruines.

Tout avait changé à ce moment précis. Elle le sut. Elle le ressentit. Mais plus important, elle le vit. Pas parce qu'il le lui avait dit, mais parce qu'elle s'en souvenait. La pluie. Elle avait été trempée jusqu'aux os. Abandonnée. Effrayée. Et il était là. Elle s'était demandé si elle courait vers sa perte ou son salut en choisissant de le suivre jusque chez lui.

Elle ne savait pas, même à l'époque, s'il était un homme ou un monstre.

Des images brûlantes lui traversèrent l'esprit. Cette nuit-là, dans la cabane. C'était une maison dans les arbres. Elle s'était offerte sans hésiter. Il n'y avait pas eu de place pour la réflexion. Les mains de Krav sur son corps. Sa bouche sur sa gorge. Allait-il utiliser ses dents pour la mordre ou pour lui donner du plaisir ?

Il lui avait donné du plaisir.

Elle comprenait à présent pourquoi tout lui avait semblé si étrange. C'était parce qu'elle avait désappris beaucoup de choses sur la vie cette nuit-là. Et construit un nouveau paradigme. De nouvelles affirmations qui avaient changé les fondations mêmes de son être.

Elle était stupéfaite de constater qu'autant de changements avaient pu s'opérer au cours d'une seule nuit. C'était pourtant le cas. Totalement. Absolument.

La pluie continuait de tomber sur sa peau et, comme si les gouttes dissipaient peu à peu le brouillard qui avait envahi son esprit, Riot put avancer ainsi dans le temps.

Ils ne s'étaient plus séparés après cette nuit-là. Ils avaient partagé le même lit, soir après soir. Elle eut le sentiment de courir à travers champs vers une forme au loin.

Le soleil et la vérité, même si elle restait immobile sous cette pluie purificatrice.

La pluie.

Encore de la pluie. Elle courait sous des trombes d'eau, dans une rue pavée. Puis elle perdait l'équilibre et tombait. Mais que s'était-il passé juste avant ?

Elle se souvint qu'elle se tenait le bas-ventre. Du sang.

Aussi clairement que si elle le vivait présentement, elle se rappela avoir levé les yeux vers lui, ses larmes se mêlant à la pluie.

Je suis en train de le perdre de toute façon.

Tout est perdu.

Elle vit le visage de Krav se dessiner. Il n'avait plus rien de l'amant doux et tendre. C'était le tigre. Seulement et toujours. Sombre et terrifiant dans sa perfection. Et Riot n'avait pas peur qu'il la dévore, car c'était déjà fait.

À ce moment-là, tout avait disparu. Ce qu'elle avait appris sur elle-même et les nouvelles vérités qu'il avait construites cette première nuit. Décimées. Le futur et ce en quoi elle avait cru. À son sujet. Surtout, il était parti. L'homme qu'elle avait appris à aimer avait disparu, tous ses artifices arrachés, révélant la vérité nue. Cette profonde et horrible obscurité qu'elle avait devinée sous la surface depuis le début.

Mais Riot ne parvenait toujours pas à relier l'ensemble de ses souvenirs.

Seulement cette image. Son visage.

Et le sang.

Elle rentra en titubant dans la chambre, trempée.

Krav s'assit sur le lit en repoussant la couverture, dévoilant son torse parfaitement sculpté.

En le voyant, elle ne ressentit qu'une terreur sauvage et insensible.

— Qu'as-tu fait ? murmura-t-elle en tremblant.

— Riot…

— Non. Je dois savoir. Je me suis souvenue de la pluie et du jour où l'on s'est rencontrés. Je me suis souvenue pourquoi je t'ai suivi. Je me suis rappelé… Tu m'as changée. Tu m'as fait me sentir belle. Mais ensuite, il a plu à nouveau et tu m'as fait me sentir comme une moins que rien. Tu m'as brisée. Tu nous as détruits, n'est-ce pas ?

— Riot, répéta-t-il doucement en s'approchant d'elle.

— Non ! s'écria-t-elle en s'écartant. Tu ne m'as jamais aimée. Tu ne m'aimes pas.

Il ne le lui avait jamais dit et elle avait pensé que c'était l'évidence. Comment pouvait-il en être autrement ? Comment auraient-ils pu construire cette belle vie ensemble, avec leur magnifique enfant, sans amour ?

— Tu ne m'as jamais aimée. Tu m'as… rejetée. Voilà ce que tu as fait.

Elle ne se le rappelait pas, mais elle le sentait à présent. Elle revivait la rupture totale de son âme. Comme si son cœur lui avait été arraché. En cet instant précis, Krav était celui qui l'avait le plus blessée, dans toute sa vie. Parce qu'il lui avait fait croire qu'il pourrait y avoir plus et qu'il se souciait d'elle. Elle s'était montrée naïve et avait choisi d'ignorer ce que son bon sens lui disait. Ce qu'elle devinait. Elle avait décidé de ne voir que sa beauté. Et d'ignorer sa noirceur.

Elle s'était dit qu'un prédateur si beau devait aussi être *bon*.

Mais il n'était qu'un prédateur qui détruisait tout sur son passage. Krav était un homme qui se rassasiait des belles choses jusqu'à ce qu'elles ne lui servent plus.

Riot le savait. À ce moment-là, elle le savait.

Il n'était pas seulement un bel homme à l'allure féline.

Il était le Tigre, de bout en bout.

Tout le reste n'était que façade. Une apparence dorée, des yeux brûlants comme un feu dansant qui hypnotisait ses proies et les rendait incapables de résister.

Jusqu'à ce qu'il porte le coup fatal. Ce qu'il avait fait.

Elle avait tellement voulu se souvenir. Se rappeler son amour. Mais rien n'était réel.

Oh ! elle était tombée amoureuse de lui. Et il avait assouvi son désir d'elle.

Il l'avait *utilisée.*

Rien de plus.

Il savait tout d'elle, et elle ne se souvenait pas de lui parce qu'il ne lui avait rien dit. Pas un mot. Excepté lors de cette première nuit, quand il lui avait parlé de sa mère. Mais ce n'était rien de plus que des confessions factuelles. Il n'y avait aucune émotion réelle.

Pourtant, Riot avait voulu y croire. Se construire une belle vie. Krav avait été là pour étayer son fantasme.

Alors qu'en réalité…

Il lui avait menti, tout en sachant qu'elle ne se souvenait de rien.

— Dis-moi la vérité, exigea-t-elle.

— Nous devons être ensemble, dit-il à voix basse.

— Pourquoi ? Pourquoi devrions-nous être ensemble ?

— Pour Soriya. Elle a besoin de sa mère.

— Je peux très bien m'occuper d'elle toute seule.

Cette affirmation raviva d'autres souvenirs. La suite. Elle était partie. Elle l'avait quitté après cette nuit sous la pluie, après l'hémorragie et la douleur.

Soudain, le chagrin s'empara d'elle comme un tourbillon maléfique.

Elle avait perdu Krav. Pendant un temps, elle avait cru avoir aussi perdu le bébé. Mais ses règles n'étaient pas réapparues quelques semaines plus tard, et elle était allée voir un médecin qui avait confirmé qu'elle était toujours enceinte.

Krav ne l'avait pas su et elle avait vécu cette grossesse seule.

— Que m'est-il arrivé ? demanda-t-elle d'une voix tremblante.

Son cœur battait si fort dans sa poitrine qu'elle en avait le vertige. Elle regarda cet homme qui lui avait fait tant de mal. Et dont elle était tombée amoureuse une seconde fois. Elle aurait voulu retrouver le vide de l'oubli. Car la réalité était trop dure à supporter.

— Je t'ai dit la vérité, assura-t-il. Tu as eu un accident et c'est comme ça que j'ai su que tu étais toujours enceinte.

— Oh ! parce que tu pensais que j'avais fait une fausse couche. Et tu m'as quand même rejetée.

— C'est toi qui es partie, répliqua-t-il, le visage fermé.

Elle se revit là-bas, recroquevillée dans son grand lit vide. Puis elle se souvint des domestiques qui l'accompagnaient prudemment jusqu'à une voiture…

Si gentiment. Elle avait été enveloppée dans des draps doux et renvoyée dans une limousine.

Il mentait, une fois de plus. C'était bien un rejet. Qui l'avait blessée mortellement.

— Je suis partie parce que c'est ce que tu souhaitais. Si je ne l'avais pas fait, tu ne serais sans doute jamais revenu à la villa. N'essaie plus de réécrire l'histoire, maintenant que je me la rappelle. Après tout, tu as raison. Je voulais te quitter. Ne plus jamais te revoir. Tu m'as détruite. Et tu savais que si la mémoire me revenait un jour, je ne pourrais plus jamais te regarder en face.

Si seulement elle pouvait se rappeler ce qui l'avait amenée à cette scène, dehors. Mais c'était comme si son cerveau avait fermé la porte sur ce souvenir. Comme s'il ne voulait pas le revivre.

— Je me suis construit une existence loin de toi. Loin de ton rejet. Pourquoi as-tu eu le droit de voir mon bébé en premier ? s'exclama-t-elle comme si la question venait du plus profond de son âme. Pourquoi as-tu des souvenirs de sa naissance alors que je n'en ai aucun ? Tu ne voulais même pas d'elle.

Cette déclaration ouvrit la porte à tous les autres souvenirs.

— Je t'ai dit que je t'aimais. Je croyais que nous pouvions faire notre vie ensemble.

Elle repensa à leur dîner, quelques heures auparavant. À la façon dont elle avait espéré et cru qu'il l'aimait. Cette fois encore, il l'avait bercée d'illusions. C'était si cruel ! Comme elle avait été naïve ! Il avait dû se moquer secrètement d'elle.

Krav tenta de s'approcher mais elle recula en lui lançant un regard empreint d'horreur.

— Ne me touche pas ! Comment oses-tu ? Tu m'as fait l'amour en me faisant croire que tu… Et moi, je pensais que je t'aimais. Alors que nous savons tous les deux que ce n'est pas le cas. Plus jamais… Je veux partir. Je retourne en Angleterre et j'emmène Soriya.

— Je crains que ce ne soit pas possible, prononça-t-il lentement, son visage plongé dans l'ombre. Tu dois rester avec moi.

— Je refuse.

— Et comment penses-tu que ça va se passer, Riot ? Je suis l'un des hommes les plus riches du monde. Tu viens de te blesser à la tête. Je me suis occupé de Soriya pendant tout ce temps. Et de toi aussi…

— Tu ne voulais pas de ce bébé !

— Tu t'es enfuie et tu as failli faire une fausse couche. Je ne t'ai pas obligée à partir au milieu de cette tempête.

Ses mots étaient durs et elle savait que c'était encore un mensonge. Elle devinait que lui-même ne croyait pas à cette version qu'il tentait de brandir comme un bouclier pour se protéger.

C'était le Krav qu'elle avait oublié.

L'homme qui utilisait sa cruauté pour ne pas s'exposer. Pour repousser le plus loin possible quiconque s'approcherait trop.

— C'est cela que tu te répètes à toi-même ? Que ce n'est pas ta cruauté qui m'a chassée de la villa ? Je n'ai pas fait de fausse couche. J'ai continué ma vie, j'ai trouvé un travail, j'ai eu un foyer…

— Tu as un foyer ici. Tu seras toujours ma femme.

— Cela change tout.

— Cela ne change rien.

Ses mots la transpercèrent comme une lame.

— Cela ne change rien pour toi si je passe de l'amour au

mépris ? Et toi, d'une femme amoureuse à une prisonnière qui te déteste ?

Encore une fois, elle le vit tel qu'il était vraiment. Il haussa les épaules comme si tout cela n'était qu'un détail. Il se tenait là, nu, sans la moindre gêne, tandis qu'elle se sentait de plus en plus exposée et vulnérable.

Comment s'opposer à un homme tel que lui, un homme qui ne ressentait rien ?

— Je veux partir, déclara-t-elle.

Il fit un pas vers elle, les yeux plus noirs que jamais.

— Cela m'est égal.

— Tu m'enlèverais Soriya ?

— Oui. Parce que, ainsi, tu ne partiras pas. Et donc, j'aurai ce que je veux.

— Pourquoi fais-tu cela ? Quel est ton intérêt ? Tu ne l'as jamais… je ne t'ai même pas vu la tenir dans tes bras.

Krav s'assurait qu'on s'occupe bien d'elle, mais pas une fois il n'avait touché sa fille. Elle s'en rendait compte à présent.

Il n'avait jamais eu le moindre geste de tendresse envers elle.

Et l'esprit de Riot, son cœur et son âme avaient été si déterminés à forger de Krav une image idéale qu'elle ne l'avait pas remarqué. Pas vraiment.

Les angles morts ne venaient pas seulement de son manque de mémoire.

Elle était tellement en demande d'amour qu'elle avait ignoré tous les signaux.

— Soriya est une Valenti. Elle portera mon nom. Elle aura ma protection, mon pouvoir. Et elle aura sa mère. Tu avais sur toi des brochures sur l'adoption au moment de l'accident.

— Un médecin me les avait données et je ne les avais pas encore jetées. Tu ne sais rien de moi, Krav. Tu as écouté mon histoire mais tu ne l'as pas entendue. Tu ne sais pas qui je suis et cela t'est égal.

— Ce qui compte, c'est que tu es sa mère et qu'elle a besoin de toi.

Ses mots étaient tranchants comme le verre. Il semblait ne rien ressentir et tout ressentir à la fois. Décidément, elle ne comprenait pas cet homme qu'elle avait cru connaître.

Était-ce parce qu'elle savait le rendre fou de désir ? Parce qu'ils avaient partagé sexe et passion ?

Elle devinait qu'il était guidé, hanté par une obscurité profonde, un vide terrifiant.

Il semblait froid, insensible. Pourtant, elle sentait que c'était plus.

Il brûlait.

Mais les flammes qu'il dégageait étaient noires.

— Elle aura donc un geôlier en guise de père ?

— Il ne s'agit pas de cela.

— Et pourquoi ?

— Je la protégerai. Je vous protégerai.

De toutes les choses qu'il avait dites, elle savait que celle-ci était la plus sincère.

Mais Krav ne comprenait pas l'essentiel. Il avait le pouvoir de les blesser tous les deux. Plus que n'importe quelle autre personne sur terre.

— Tu nous protégeras de tout sauf de toi-même ?

— Je n'ai pas voulu tout ça.

— Oh ! tu n'as pas demandé à être père ? Pourtant, tu as fait l'amour avec moi sans préservatif.

— Je n'ai pas voulu ce qu'il y a entre nous.

Cette souffrance.

Cette passion.

Ça le torturait, elle le voyait bien. Il ne mentait pas.

Et cela lui fit mal de comprendre que les plus belles émotions qu'elle avait ressenties dans sa vie n'avaient été qu'un cauchemar pour Krav, depuis le départ.

— Ton désir pour moi a fait de toi une victime, siffla-t-elle. Comme ce doit être dur à vivre…

Il avança encore d'un pas dans sa direction, nu et magnifiquement sculpté, et elle sentit son corps la trahir. Elle aurait voulu se jeter sur lui. Lui griffer le visage, puis l'embrasser. Le blesser et lui faire l'amour.

Elle frissonna de dégoût. Pas envers lui mais envers elle-même. Envers ce qu'il avait fait d'elle. Elle détestait cette femme qu'elle était devenue. Sa créature. Avant de le rencontrer, elle vivait sans attaches ni sentiments mais elle était indépendante. Qu'était-elle à présent ?

— Je te hais ! cria-t-elle. Tu nous as tués. Plus rien ne sera pareil maintenant.

— Il n'a jamais été question d'amour pour moi.

Riot sentit son cœur se briser en mille morceaux.

— Je ne t'épouserai pas.

— Je crois que tu le feras, répliqua-t-il, et elle perçut la menace dans le ton qu'il venait d'employer.

Il lui prendrait Soriya pour arriver à ses fins.

— Je veux ma propre chambre.

— C'est d'accord, dit-il d'une voix glaçante. Tu n'as qu'à garder celle-ci.

Sur ces mots, il quitta la pièce sans prendre la peine de se vêtir. Quand il eut refermé la porte derrière lui, la laissant seule, elle s'effondra sur le lit, en sanglots.

Il n'y avait plus rien.

Riot Phillips avait cru un instant qu'elle était aimée mais la vie lui avait joué un mauvais tour.

Elle avait récupéré tous ses souvenirs à présent. Elle connaissait la vérité. Mais elle aurait préféré continuer à mener une existence de mensonge.

C'était si merveilleux.

On ne peut pas vivre dans un mensonge.

Impossible.

Donc, ce serait la vérité, même si celle-ci était plus douloureuse que tout. Et qu'elle ne lui apportait rien, au fond. Ni dignité ni respect.

Riot était anéantie.

Tu vas te relever, tu l'as toujours fait.

Et cette fois, tu as Soriya.

Mais oui. Elle était là, la conviction lumineuse dont elle avait besoin !

Un feu qui brûlerait plus fort que la flamme démoniaque qui animait Krav.

Riot était mère et elle se rappelait sa grossesse. Comment elle avait surmonté le chagrin d'avoir perdu Krav.

Soriya l'avait soutenue, tout ce temps.

Elle enfila une robe de chambre et sortit, se déplaçant lentement dans la suite comme pour vérifier qu'il n'était plus là.

Elle se glissa dans la pièce où dormait Soriya et regarda tendrement sa petite fille.

— Je ne serai pas comme ma mère, chuchota-t-elle. Et quoi qu'il soit arrivé à ton père… je ferai mieux. Je ne te laisserai pas devenir une personne tordue et amère. Ni triste et solitaire. Je ferai tout ce qu'il faut pour te protéger. Je te le promets.

Elle comprit alors que c'était sa fille qui la protégeait et non l'inverse. Soriya lui donnait de la force et, surtout, un but. Quelque chose de plus grand que son chagrin d'amour.

Parce que Riot était brisée. Elle pouvait toujours se servir de sa colère comme d'un bouclier.

Même si elle méprisait Krav à présent, elle l'avait aimé.

Mais elle était résolue.

Elle ferait tout pour rester auprès de sa fille.

Quitte à en mourir.

Et dans la mesure où elle vivait avec un tigre, cette hypothèse était plus que probable.

9.

Krav avait été pris à son propre piège. La trame qu'il avait tissée était si trompeuse que lui-même avait commencé à y croire. Il avait réécrit l'histoire en partant de l'instant où Riot lui avait annoncé sa grossesse. Il en était même venu à penser que la connexion qu'ils avaient créée était réelle.

Mais c'était un mensonge et qu'il ait été ingénieux ne changeait rien.

Car maintenant, la jeune femme le haïssait.

Et elle était sincère. Comme toujours.

Je t'aime.

Je te hais.

Elle avait prononcé ces deux phrases au cours de la nuit précédente et, chaque fois, elle l'avait pensé.

Cela ne changeait rien à sa résolution, mais…

Riot ne le laisserait plus jamais la toucher.

Un écho étrange dans son âme lui rappela la mort de sa mère.

Ça ressemblait à du chagrin. Krav avait toujours fait en sorte de se tenir à distance des sentiments, les examinant de loin avec une froideur impartiale.

C'est ce qui expliquait qu'il n'avait jamais tenu Soriya dans ses bras. Riot avait raison sur ce point. Cette distance était une chose précieuse qui lui servait bien.

Elle était même essentielle.

Il avait été arraché aux bras de sa mère à l'âge de cinq ans et ne l'avait revue qu'une fois adulte.

Les retrouvailles ne s'étaient pas déroulées comme il l'aurait espéré. Brisée par des années de chagrin et de pauvreté, sa mère n'avait pas aimé voir ce qu'il était devenu. Avec ses costumes et son allure élégante. Elle n'aimait pas l'entendre parler avec son accent italien. Elle avait compté pour lui, mais il était trop tard.

Perdre sa mère avait été un choc trop violent pour un enfant de son âge et il était convaincu que c'était la raison pour laquelle il ne parvenait à établir de liens avec quiconque. Cela et la cruauté de son père. Il s'était forgé une armure de protection à laquelle il tenait précieusement.

Mais avec Riot, il aurait aimé que ce soit différent…

Que lui-même soit différent. D'ailleurs, il l'avait été, par moments. Quand il avait essayé de transformer leur histoire, il avait parfois trouvé en lui une douceur dont il ignorait l'existence.

Mais ce n'était pas réel. Il jouait un rôle.

Forcément.

Rien de bon ne pouvait survivre ou prospérer en lui.

Le lendemain matin, Riot se montra catégorique sur le fait qu'ils devaient repartir.

La jeune femme était aussi froide que de la glace quand il posait son regard sur elle.

— Je veux juste que nous rentrions à la villa. Là où il y a… de l'espace.

Là où il ne l'avait pas touchée…

— Tu en as assez de Paris ?

— Je crois que j'en ai fini avec Paris, définitivement. Je ne pense pas revenir ici un jour.

— C'est dommage. Cette ville recèle beaucoup de trésors.

— Cette ville peut aller au diable !

Il ne l'avait jamais vue aussi amère.

Après leur rupture, dix mois auparavant, elle avait sans doute été triste, mais il n'avait pas eu à subir sa colère.

Pas comme maintenant. Et il devait reconnaître que sa force l'impressionnait.

— Nous nous marierons la semaine prochaine, déclara-t-il.

— Quelle belle perspective…

Leur vol de retour vers l'Italie n'eut rien à voir avec celui de l'aller. Riot n'était plus joyeuse, elle ne flirtait plus.

Elle resta assise, le visage fermé, durant tout le voyage, tenant Soriya sur ses genoux comme un petit bouclier.

Il ne s'était pas rendu compte à quel point la jeune femme avait insufflé de la chaleur dans sa vie. Jusqu'à ce que ce ne soit plus le cas.

Elle n'était réveillée que depuis quelques semaines, mais même lorsqu'elle était dans le coma, il avait imaginé ce qu'ils pourraient construire.

Tu as cru à tes propres mensonges.

Cela n'avait pas d'importance. Il arrivait à ses fins. Elle ne partirait plus, à présent. Elle n'abandonnerait jamais Soriya. Elle l'épouserait.

Et un jour, il en était convaincu, le désir qu'il y avait entre eux surpasserait cette colère.

Elle ne lui interdirait pas son corps éternellement.

Cette pensée l'apaisa.

L'alchimie entre eux était plus forte que le reste.

Quoi qu'elle puisse penser.

— Pourquoi es-tu comme ça ? demanda-t-elle soudain, dix minutes avant l'atterrissage.

— Comme quoi ?

— J'ai réfléchi, Krav. Tu ne t'es jamais confié à moi. Hormis le soir de l'enterrement de ta mère, quand tu t'es brièvement ouvert, jamais rien raconté de ton histoire. Tes parents, par exemple. Comment se sont-ils rencontrés ? Qui t'a élevé ? J'ignore qui…

— Je n'ai pas connu ma mère, coupa-t-il. Mon père est parti en vacances au Cambodge et il a eu une liaison avec une jolie femme qui travaillait dans un bar qu'il fréquentait. Il était beaucoup plus âgé qu'elle et n'avait pas d'héritier. Quand il a découvert mon existence, quelques années plus tard, il a décidé de me récupérer. Il m'a arraché à elle en lui laissant une somme d'argent, sans lui donner le choix. On m'a enlevé tout ce que j'avais connu jusqu'alors. Ma maison, ma langue, ma mère. J'ai été emmené en Italie et élevé par un homme qui ne m'a apporté que de la souffrance. Tu as raison, je ne veux pas prendre Soriya dans mes bras. Je préfère ne jamais la toucher plutôt que de lui faire subir ce que mon père m'a fait. Je peux la protéger… si je ne me comporte pas comme lui.

— Qu'est-ce qui te fait croire que tu serais comme lui ?

— C'est un risque que je préfère ne pas prendre. Quand on a été élevé par un monstre, on a forcément ça dans le sang.

— Krav… il t'a privé de ta mère ?

— Oui. J'ai partagé très peu de temps avec elle, avant sa mort.

— Mais tu as gardé une maison au Cambodge…

— Mon père a toujours eu un hôtel là-bas. Je suis allé rendre visite à ma mère dès que j'ai atteint l'âge adulte et j'ai essayé de tisser des liens avec elle. Mais c'était difficile. On se voyait de temps en temps et, finalement, j'ai décidé d'acquérir une maison pour me… reconnecter. Avec la nourriture, la langue. Mon peuple. J'ai passé la majeure partie de ma vie en Italie. Mais c'est au Cambodge que se trouvaient mes racines. Et… j'ai ressenti le besoin d'y retourner.

— Cela fait partie de toi autant que l'Italie.

— C'est possible, en théorie.

Maintenant qu'il lui avait avoué la vérité à son sujet, elle semblait ne pas savoir comment réagir.

— Tu ne m'avais jamais parlé de tout ça.

— Je n'en parle à personne.

— Tu as failli le faire. La nuit où nous nous sommes rencontrés.

— Je n'étais pas moi-même alors.

— Que t'a fait ton père ?

— Nous allons bientôt atterrir, fit-il. Il n'est plus temps d'en parler, mais sache que tu n'as pas tort quand tu me traites de monstre. J'ai été créé pour diriger l'empire Valenti sans qu'aucune faiblesse se mette en travers de ma route. Aucun sentiment. Mon père a réussi à faire de moi son robot. Parfaitement froid et capable de tout. Je suis désolé que tu aies été impliquée là-dedans.

C'était la vérité. La chose la plus honnête qu'il lui ait jamais dite. Et c'était… libérateur de l'admettre.

— Tu es vraiment désolé ?

— Oui.

— Alors, tu ne peux pas être totalement dénué de sentiments.

— Mes sentiments sont semblables à des fantômes. Même s'ils sont présents, dès que je tente de les saisir, ils s'évaporent.

L'avion atterrit et ils montèrent dans une voiture qui les ramena au domaine.

— Nous allons vivre séparément, annonça-t-elle quand ils furent arrivés.

Ils se tenaient dans l'immense entrée du manoir et, soudain, Krav se souvint de lui enfant, petit être minuscule face à la stature imposante de son père.

— Tant que vous vivez ici, Soriya et toi…

— Pourquoi ressens-tu le besoin de contrôler notre vie, si tu t'en fiches ?

— C'est… c'est la seule chose que je sache faire.

Et même s'il ne comprenait pas lui-même ce que cela voulait dire, il savait que c'était vrai.

Au fur et à mesure que les jours s'écoulaient et que la date de leur mariage approchait, ce sentiment persistant de chagrin ne le lâchait pas.

Krav repensa au temps où Riot était joyeuse. Quand elle croyait qu'il l'aimait.

Cela avait été simple, au fond. Tout ce qu'il avait eu à faire, c'était de l'emmener dans des endroits agréables et lui parler gentiment. Prétendre que le passé n'existait pas.

Et alors, il s'était senti… étrangement libre.

Comme si pour la première fois, il s'affranchissait de l'homme que son père avait créé.

Pourquoi ne pourraient-ils pas retrouver cela ?

Krav comprit soudain que c'était son plus cher désir et cela le troubla. Car cela signifiait que Riot lui manquait. Elle. Le sexe aussi, bien sûr, mais il n'y avait pas que cela.

Le bébé lui manquait également. Il voyait moins sa fille quand Riot n'était pas là. C'était logique.

Il avait été pétri de certitudes. Rien n'avait compté hormis le mariage. Or il commençait à découvrir que cela n'était pas suffisant. Vivre seul dans cet espace. Avec sa noirceur. Avec cette distance glaciale entre eux…

Alors, la veille du mariage, il prit une décision. Il allait la reconquérir. Avec tous ses souvenirs intacts. Il ne pouvait réparer ce qui était cassé en lui mais il sentait qu'elle était la clé de quelque chose qui lui échappait.

Pendant qu'elle l'aimait, il avait contrôlé les ténèbres qui le gouvernaient. Il voulait retrouver ça.

Il allait faire en sorte qu'il en soit ainsi.

Elle l'aimerait à nouveau.

Krav en était certain.

10.

Riot faisait de son mieux pour paraître aussi heureuse que possible. Mais elle n'avait plus le sentiment d'être la femme la plus chanceuse du monde. Avec cette impression qui avait presque été étouffante : celle de tout avoir.

Elle était auprès de Soriya. Et elle vivait dans un endroit magnifique.

Elle avait beau se sentir désespérément seule, ce n'était pas si différent de la vie qu'elle menait avant de rencontrer Krav.

Au moins, maintenant, elle avait un enfant.

C'était un cadeau inattendu. Quelque chose qu'elle n'aurait jamais pensé vouloir un jour.

Être mère.

Une guérison s'était opérée au fond de son âme tandis qu'elle maternait son bébé.

Elle avait soigné la blessure liée au fait que sa propre mère n'avait pas été là pour elle.

Surtout, elle avait déterminé la façon dont elle serait présente pour sa fille.

Riot put mettre cette intention en mots et l'annoncer à Soriya en la tenant dans ses bras tandis qu'elles étaient allongées sur l'herbe, dans le jardin.

Parfois, elle levait les yeux et surprenait Krav qui les observait depuis le balcon.

Alors, elle faisait en sorte de ne pas croiser son regard.

Et elle s'efforçait de ne pas penser à lui. Mais c'était difficile.

Elle lui avait dit qu'elle le détestait autant qu'elle l'avait aimé et c'était la vérité. Seulement… elle avait parfois le sentiment que la haine n'était pas si éloignée que ça de l'amour.

Surtout après qu'il lui avait confié l'histoire de son passé et de ses parents. Il avait évoqué ces souvenirs avec un tel détachement qu'elle avait du mal à deviner ce qu'il ressentait à ce sujet.

Mais cela l'avait troublée plus qu'elle ne voulait l'admettre.

Et elle allait épouser cet homme, aussi fou que cela paraisse.

Le fait d'avoir pleinement recouvré la mémoire était également perturbant. Il y avait bien sûr ce souvenir épouvantable du soir où elle lui avait annoncé qu'elle était enceinte, mais elle se rappelait aussi d'autres moments heureux, quand ils étaient ensemble. Des instants de joie partagée. Elle avait alors senti une légèreté en lui qui n'était pas feinte, elle en était certaine.

Au fond, il avait été terrifié en apprenant qu'il allait être père. Elle le comprenait à présent. Il avait réagi à la peur par la colère, en raison de son propre passé.

Malgré elle, ce constat apaisait l'animosité qu'elle nourrissait à son égard.

Il y avait bien plus en lui que ce qu'il pensait. Que ce qu'il dévoilait.

Krav avait déclaré qu'il était froid, que ses sentiments étaient pareils à des fantômes. Riot voyait maintenant à quel point il se trompait.

Cette rage en lui n'était pas seulement un spectre insaisissable. C'était un dragon gigantesque.

Et s'il ressentait cela avec autant d'intensité, pourquoi ne serait-ce pas le cas pour le reste ?

Ses sentiments étaient enfouis, mutilés, sous les décombres de son enfance.

À cette pensée, son cœur se serra et elle sentit une rage sourde la gagner. Elle ne devait pas lui trouver d'excuses. Ce serait une folie. Elle se rendait pourtant bien compte qu'au fond, elle n'était toujours pas immunisée contre le charme de cet homme. Pas autant qu'elle l'aurait voulu. Cet homme qui la forçait à l'épouser.

Tu pourrais partir. Ou l'affronter.

Elle refoula cette pensée. À quoi bon analyser sa part de responsabilité dans la situation où elle se trouvait ?

C'était plus simple de se focaliser sur la façon dont il avait fait irruption dans sa vie. Plus facile de se voir comme un agneau mené à l'abattoir.

Cette image s'imposa à elle, le jour de ses noces, tandis qu'elle s'observait dans le miroir, vêtue de sa robe de mariée. Un agneau sacrifié, voilà ce qu'elle était.

Pure, face à l'autel dressé devant lui.

Alors qu'on lui remettait un bouquet de roses rouges, elle se demanda à qui était destinée cette mascarade. Les portes de l'église allaient-elles s'ouvrir pour faire entrer une foule d'inconnus ?

La cathédrale était vide. Hormis Krav, les seules personnes présentes étaient les nounous de Soriya qui faisaient office de témoins.

Et Krav était seul. C'était aussi frappant que sa propre solitude.

Tandis qu'elle cheminait jusqu'à lui dans l'allée, sans que personne la force ou la pousse à le faire, elle revécut soudain tous ces souvenirs qui lui avaient fait défaut. Sous un prisme différent.

Elle l'avait rejoint dans les ruines. Elle l'avait suivi jusqu'à sa cabane dans les arbres. Quand il l'avait embrassée, elle lui avait rendu son baiser avec la même fougue et la même avidité.

Cela changeait tout.

Un agneau agirait-il ainsi face à un tigre ?

Non. Seule une tigresse le ferait.

Seule une tigresse serait capable de se dresser devant un adversaire aussi terrifiant.

Elle mesura à ce moment-là quelle était sa part de responsabilité.

Elle avait voulu Krav et elle l'avait eu.

Elle ne lui avait pas demandé de se protéger car elle s'en moquait.

Elle avait décidé d'abandonner sa vie derrière elle et l'avait laissé agir à sa guise, lui permettant de ne rien partager avec elle, et garantissant ainsi que son fantasme de conte de fées ne serait pas entaché.

Quand il l'avait rejetée, elle avait eu le cœur brisé parce qu'elle avait volontairement refusé de voir qui il était vraiment, par peur de le perdre. Pour ne pas découvrir qu'il n'était peut-être pas aussi merveilleux que ce qu'elle avait d'abord cru.

D'ailleurs, elle ne l'avait pas trouvé merveilleux, au début. Elle l'avait trouvé dangereux.

Puis, s'accrochant à son fantasme, elle avait délibérément entrepris de le transformer pour qu'il l'incarne et elle s'était rendue malheureuse toute seule.

Car jamais Krav ne lui avait fait la moindre promesse.

Pourtant, elle avait gardé espoir.

Une pensée la traversa. N'était-ce pas une habitude chez elle de toujours blâmer les autres pour ses mésaventures ?

Elle en avait voulu à Jaia de ne pas avoir correctement planifié leur voyage mais au final, elle l'avait accompagnée sans s'occuper de rien elle-même. Tout en sachant que son amie était excentrique.

Puis elle avait suivi Krav, sans rien prévoir.

Chacun de ses malheurs était-il la faute des autres ? Non. Ils étaient le fruit de ses choix, de ses décisions.

Ce chagrin d'amour était le sien. Celui qu'elle avait choisi.

Tout comme elle choisissait à présent de marcher vers lui tout en se répétant qu'elle le détestait.

Bien sûr, Krav l'avait mise dans une situation terrible en lui présentant des options qui ne lui convenaient pas.

Mais ce n'était pas la même chose que d'être forcée. Et d'ailleurs, même maintenant, elle devinait qu'une part d'elle-même gardait espoir.

Quoi qu'elle prétende et quoi qu'elle dise, Riot n'avait pas perdu espoir. Pas entièrement.

Sur ce qu'ils pourraient avoir. Sur ce qu'il pourrait être.

Mais pour l'obtenir, elle devait arrêter d'être passive et de fantasmer. Se montrer honnête envers elle-même et cesser de se poser en victime. Elle devait prendre les rênes de son destin et exiger ce qu'elle voulait de Krav et de la vie.

Tout ce qu'elle n'avait jamais fait jusqu'à présent. Au lieu de cela, elle était tombée désespérément amoureuse d'une façade qu'elle avait façonnée à l'image qu'elle voulait.

Elle pourrait commencer par en apprendre davantage au sujet de Krav. Et voir si elle pouvait aimer cet homme qu'elle avait affirmé détester.

Quand elle s'était réveillée de son coma, elle ne s'était pas souvenue qu'il l'avait blessée profondément. Et elle était retombée amoureuse de lui, comme si une force mystérieuse les destinait l'un à l'autre. Une force qui dépassait l'alchimie ou le désir sexuel, elle en était convaincue.

Et tout en s'avançant vers lui dans l'allée, Riot prit soudain la mesure de son propre pouvoir et cela la stupéfia.

Quand Krav lui prit la main pour la mener jusqu'au prêtre, devant l'autel, elle fut confrontée à l'énormité de ce qu'elle faisait. Elle allait prêter serment et devenir sa femme. Pour de bon. Cela valait peut-être la peine de se battre pour cela.

Honnêtement.

Pour l'homme qu'il était et pas seulement celui qu'elle voulait qu'il soit.

Il fallait qu'elle essaie.

Pour Soriya.

Et pour toi… ?

Ils ne s'étaient pas touchés depuis cette nuit-là et à présent, ils se tenaient par la main, l'un en face de l'autre.

— Promettez-vous d'aimer cette femme, de l'honorer et de lui être fidèle jusqu'à ce que la mort vous sépare ?

— Je le promets, répondit Krav.

Puis le prêtre se tourna vers Riot et lui posa la même question.

Qu'est-ce que cela signifiait ? Krav avait-il seulement pris le temps d'y réfléchir ou n'était-ce qu'une partie de son plan pour la garder auprès de lui ? Elle sonda son regard sombre pour tenter de comprendre ce qu'il attendait réellement de tout cela. Voulait-il uniquement que Soriya ait une mère ?

Riot était consciente des blessures liées à sa propre enfance, mais pas de l'impact que ces dernières avaient eu sur sa vie. Et sur ses interactions avec Krav.

Quand elle répondit « Je le promets », ce fut en étant consciente qu'elle ne comprenait pas vraiment ce qu'elle disait. En sachant qu'ils avaient une longue route devant eux et qu'elle n'avait pas l'intention de lui laisser le dernier mot au sujet de ce mariage. Et de ce qu'il deviendrait.

Lorsqu'il fut temps pour eux d'échanger un baiser, elle prit la décision de l'embrasser pleinement.

À l'instant où leurs bouches se touchèrent, elle crut que son cœur allait exploser dans sa poitrine.

Ce désir si puissant qui les liait était également douloureux car il était pourvoyeur d'espoir.

Et c'est cet espoir qui lui faisait le plus mal.

Ils furent déclarés mari et femme, puis ils descendirent l'allée, les mains jointes. Dès qu'ils furent sortis de l'église, Riot leva les yeux vers Krav.

— N'aie crainte, dit-il. Je n'ai pas l'intention de te réclamer une nuit de noces. Tu es libre de passer le reste de la journée comme tu le souhaites.

— J'aimerais seulement rentrer à la maison et passer du temps avec ma fille.

— Si tel est ton désir, qu'il en soit ainsi.

— Cela te fait du bien de te montrer cruel ?

Il resta silencieux quelques secondes.

— Est-ce une attaque ?

— Non. Je te pose juste une question. Est-ce que cela rend les choses plus simples pour toi ? Nous cherchons tous à nous faciliter l'existence. De mon côté, j'ai voulu réécrire mon destin pour croire à un conte de fées et ne pas devoir être responsable de mes décisions.

— Tu penses que je suis cruel, mais je suis simplement tel qu'on m'a fait.

Il était sincère, elle en était certaine, mais de son côté, elle voyait les choses différemment…

Il semblait avoir besoin de simplifier tout cela pour lui-même. Pour se justifier.

Ils retournèrent au domaine dans des voitures séparées. Krav semblait se moquer des apparences. De toute façon, leur relation avait déjà fait la une des médias et ils n'avaient fait aucune annonce au sujet de leur mariage. L'événement n'avait donc pas attiré l'attention des paparazzis.

Cela se serait-il passé différemment si Riot n'avait pas recouvré la mémoire ?

Évidemment. Tu aurais porté cette robe, radieuse, devant une foule de gens. Et sous le crépitement des flashs.

Elle sut que c'est ainsi que cela se serait déroulé. Elle aurait eu le mariage de ses rêves. Puis ils seraient descendus dans un palace et Krav l'aurait allongée dans des draps de soie pour lui faire vivre la plus glorieuse des nuits de noces.

L'espace d'un instant, elle rêva de retrouver ce fantasme.

Cela aurait été tellement plus facile que cette satanée réalité. Pourtant, elle ne regrettait pas d'avoir sondé les brumes de son passé. Elle savait pourquoi elle l'avait fait. Pour ne plus vivre dans le mensonge.

Elle dîna seule. Puis elle passa le reste de la soirée à bercer Soriya dans ses bras en se répétant que c'était pour cela qu'elle était restée là.

Non. À un certain moment, on fait les choses pour nous-même.

Cette prise de conscience la bouleversa.

Parce que sa mère était égoïste, Riot avait décidé d'être la meilleure maman possible pour Soriya, sans prendre en compte ses propres désirs. Or elle comprenait soudain avec une clarté absolue à quel point c'était tout aussi potentiellement dommageable que d'être une mère égoïste.

Elle devait savoir qui elle était pour pouvoir montrer à sa fille ce que la vie pouvait apporter.

Elle devait cesser de se voir comme un agneau car elle n'en était pas un. Elle était une tigresse, elle aussi. N'avait-elle pas survécu à toutes les épreuves que la vie lui avait infligées ? Ne s'était-elle pas toujours relevée ?

Elle avait survécu.

Et elle donnerait le meilleur à Soriya. Elle s'assurerait que sa fille sache depuis le début qu'elle était née d'une tigresse et qu'elle-même en serait une. Qu'elle était brillante et merveilleuse et qu'elle aurait le monde à ses pieds.

Mais alors, Riot devrait exiger des choses pour elle-même.

Sinon…

À quoi bon inculquer ces leçons si sa fille la voyait accepter docilement cette imposture de mariage ? Si elle voyait sa mère vivre une vie sans amour et errer comme une femme enchaînée. Comment son message d'émancipation pourrait-il avoir un sens ?

De toute façon, c'était juste une dissimulation de plus. Passer d'un fantasme au martyre… Décider qu'elle détestait Krav alors que rien en elle n'était clair ou simple quand il s'agissait de ses sentiments envers lui.

Non, c'était plus que cela.

C'est en cet instant que Riot prit sa décision.

Elle embrassa Soriya sur le front puis elle la coucha dans son berceau et se rendit dans le hall. Elle était vêtue d'un simple pyjama. Rien qui ressemblât à un ensemble digne d'une nuit de noces.

Ils avaient fait l'amour à Paris, mais à ce moment-là, elle ne se souvenait pas de la vérité à leur sujet. C'était le cas à présent. Elle se rappelait à quel point il l'avait blessée, mais aussi ce qui avait fait la base de leur connexion. Ce désir indéniable. La façon dont elle en voulait toujours plus, même quand ils venaient juste de faire l'amour. La manière dont il l'avait transformée.

Au fond, leurs souvenirs étaient aussi complexes qu'eux.

Elle ouvrit sans frapper la porte de la chambre de Krav.

Il était debout devant sa table de nuit, pieds nus. Il ne portait que le pantalon foncé qu'il avait revêtu pour le mariage. Cela rappela à Riot la première nuit qu'ils avaient passée ensemble.

Elle aurait aimé qu'ils soient là-bas à nouveau. Au Cambodge. Elle se souvint qu'il portait des vêtements locaux. Un sarong en soie bleue qui lui seyait tellement mieux que ses costumes rigides.

La vie de Krav lui avait été imposée de la même façon que celle qu'il essayait de lui imposer, à elle. Peut-être ne connaissait-il pas d'autre moyen de mener son existence. Pensait-il que personne n'accepterait de la partager avec lui en dehors de la contrainte ? Lui avait-on appris autre chose depuis son enfance ?

Il s'était confié à elle et elle s'était efforcée de ne pas ressentir de sympathie pour lui. Krav ne cherchait pas à la susciter et s'il avait semblé partager ses souvenirs sans la moindre émotion, cela ne signifiait pas qu'il en était dénué.

Loin de là.

— Que veux-tu ? demanda-t-il en posant sa montre sur la table de nuit.

Riot contempla son torse large, couvert de poils sombres, et elle eut envie de lui.

Mais elle n'était pas seulement venue sous l'impulsion du désir.

Non. Elle était là pour tenter de recréer un lien entre eux et les ramener l'un vers l'autre.

Afin qu'ils ne vivent pas dans la même maison comme des étrangers.

Elle était blessée et cela ne ferait pas disparaître sa souffrance.

Pas entièrement. Ce n'était même pas une question de pardon, mais tout simplement un besoin.

Un besoin vital.

— Je veux ma nuit de noces.

Elle enleva son haut de pyjama et vit immédiatement briller un feu intense dans les yeux de Krav.

— Pourquoi ?

— Je ne sais pas, répliqua-t-elle. Mais c'est mon choix.

Elle fit glisser son pantalon le long de ses hanches et se tint entièrement nue devant lui. Ce n'était pas la première fois. Il y en avait eu d'innombrables, elle s'en souvenait à présent. Elle avait été impudique avec lui. Et elle continuerait à l'être.

— Tu ne m'as pas forcée à t'épouser. C'était ma décision. Tout comme je choisis d'être là maintenant. Je ne veux pas d'un mariage fantôme. Je ne veux pas être une épouse qui erre seule dans les couloirs du manoir. Je ne suis pas une victime, pas plus que tu n'es un bourreau. J'ai fait des choix qui m'ont amenée ici et maintenant.

— Tu as envie de moi ?

— Oui et tu le sais. Cela n'a jamais cessé.

— Mais tu me détestes, fit-il, le regard brillant d'une flamme noire.

— Une part de moi te déteste et ne comprendra jamais pourquoi tu m'as traitée aussi cruellement. Je t'aimais follement, Krav, et tu as tout détruit. Tu m'as regardée comme si je n'étais rien. Comme si tu me haïssais.

— Jamais je ne t'ai haïe. C'est moi seul que je hais.

Ces mots la transpercèrent comme une lame. Et pourtant, il les avait prononcés comme si cela ne lui coûtait rien. Comme si c'était un détail.

— Que ressens-tu pour moi ?

— Je l'ignore, répondit-il. J'ai perdu la capacité de comprendre mes émotions le jour où l'on m'a arraché à ma mère. Et je ne dis pas ça pour attirer ta compassion. J'essaie simplement d'être aussi honnête que tu l'es avec moi. Ça ne me coûte rien de l'admettre. Je suis brisé.

— Pourquoi ? Parce que ton père en a décidé ainsi ?

— Non. Parce qu'il m'a élevé de cette manière. J'ai appris à prendre du recul et à refouler mes sentiments. Et je suis incapable de les vivre.

— Je ne crois pas à cette théorie. Il y a autre chose.

— Ne va pas sur ce terrain. Je ne veux pas te faire plus de mal.

— Si, tu le veux. Malgré toi.

Il hocha lentement la tête.

— Quand je t'ai rencontré, j'ai pensé que tu étais un prédateur, reprit-elle. Je me suis sentie vulnérable. Comme si j'étais une proie. Mais je ne me suis jamais comportée comme telle, n'est-ce pas ? Et je ne le ferai jamais.

— Riot, murmura-t-il d'une voix rauque. Je veux te posséder. Je l'ai voulu dès l'instant où je t'ai vue.

— Je le veux aussi, souffla-t-elle. Tu es le plus bel homme que j'ai jamais connu.

— C'est impossible.

— Vraiment ? dit-elle en s'approchant de lui.

Elle vint se presser contre lui et sentit son sexe durci à travers son pantalon.

— Tu as envie de moi et tu ne peux rien y faire, dit-elle. Y a-t-il eu une autre femme, pendant que j'étais loin de toi ?

Elle accepterait la réponse, quelle qu'elle soit, même si l'idée qu'il puisse en toucher une autre qu'elle la rendait folle de jalousie.

— Non, dit-il. Je n'ai été avec personne depuis que j'ai posé les yeux sur toi.

— Alors tu es déjà à moi, n'est-ce pas ? Tu es revenu pour moi. Même si tu avais dit que tu ne voulais pas d'enfant. Qu'est-ce qui t'a fait changer d'avis ?

— Je ne voulais pas de ce bébé, murmura-t-il d'une voix faible. Et j'ai cru que… tu n'en voulais pas non plus.

Elle sentit la colère monter, mais elle tint bon et le regarda sans ciller.

— Tu sais maintenant que ce n'est pas le cas et tu m'as quand même épousée. Tu veux nous garder près de toi, à condition que nous restions à une distance prudente.

— Ce n'est pas que je le veuille, c'est simplement que c'est comme ça. C'est ainsi que je le ressens.

— Tu mens. Pas spécialement à moi. Surtout à toi-même.

— Tu es là pour baiser ou pour discuter ? coupa-t-il brutalement.

— On peut faire ça si tu veux, répondit-elle. On l'a déjà fait souvent. Mais parfois, nous faisions aussi l'amour.

— Pas moi. Jamais.

Elle voyait bien qu'il s'efforçait de la heurter pour la tenir à distance. Sans savoir vraiment ce qu'il souhaitait. Il la voulait mais dès qu'elle s'approchait trop, il n'y arrivait plus.

— Bien sûr, lança-t-elle en le regardant dans les yeux. C'est pour ça que tu te soucies autant de mon plaisir.

— Et si on arrêtait de parler… et que tu t'occupais plutôt du mien.

Une vague de désir violent la gagna et Riot comprit qu'elle allait utiliser ce même désir qu'il avait d'elle pour le pousser dans ses retranchements.

Ses sentiments étaient confus car une part d'elle restait en colère contre lui.

Mais il y avait plus. Et, contrairement à Krav, elle ressentait chacune de ses émotions. Ces dernières la submergeaient : la rage, le désir, le besoin et… l'amour. Toujours l'amour.

Elle n'avait pas imaginé vivre un jour une histoire aussi tumultueuse. Elle avait eu son lot de relations compliquées, mais contrairement à sa mère ou aux amis qui entraient et sortaient de sa vie sur un coup de tête, Krav restait présent. Et il l'avait épousée. Il avait fait en sorte de la garder auprès de lui pour toujours. Il était différent des autres.

Elle s'agenouilla devant lui et déboutonna son pantalon, exposant son membre puissant et dressé.

Riot avait toujours trouvé cet homme magnifique. Elle aimait son corps qui était une tentation constante.

Elle se pencha en avant et fit glisser lentement sa langue le long de son sexe, comme il le lui avait appris. Puis elle le prit dans sa bouche et le suça jusqu'à ce qu'il gémisse de plaisir. Jusqu'à ce qu'elle s'empare du pouvoir. De tout le pouvoir. Jusqu'à ce qu'elle ne puisse plus attendre et qu'elle ait besoin de lui entre ses cuisses. Alors, elle se releva et il s'assit sur le bord du lit.

Elle vint se placer à califourchon sur ses genoux et s'empala profondément sur son membre en poussant un gémissement de bonheur. Sa tête bascula en arrière et il la saisit par les hanches pour guider ses mouvements de va-et-vient, faisant lentement monter leur plaisir jusqu'à une intensité intenable.

Ils ne s'embrassèrent pas. Il y avait encore trop de colère en elle.

Mais il était à elle. Et en elle. Elle avait besoin de lui et de ce qu'il lui faisait, d'une manière qu'elle ne parvenait pas à exprimer.

— Krav…, souffla-t-elle en faisant rouler ses hanches vers lui.

— Riot…

Il vint en elle dans un rugissement et elle le suivit dans l'extase, ne pensant plus à rien qu'à ce besoin qui s'était emparé d'elle.

Elle avait fait l'amour avec lui après leur rencontre sous une pluie battante. Ils avaient entretenu une liaison torride. Il l'avait repoussée, renvoyée en pensant qu'elle avait perdu son bébé. Il lui avait menti, il l'avait manipulée.

Malgré tout cela, elle le voulait et c'était plus fort que tout.

Ils attendirent, front contre front, que leur respiration saccadée reprenne peu à peu un rythme normal.

— Je ne sais pas à quoi ressemblera notre mariage,

déclara-t-elle. Mais en tout cas, ce ne sera pas seulement une formule sur un bout de papier.

— Fais attention, dit-il tout en traçant une ligne dans son cou du bout de la langue avant de l'embrasser. Tu ne seras peut-être pas heureuse d'avoir ouvert cette porte.

— Comment pouvons-nous découvrir qui nous sommes si nous érigeons des barrières pour nous protéger l'un de l'autre ?

— Ma vie entière se déroule derrière un mur qui me sépare du monde, Riot, un mariage n'y changera rien. Pas plus que le sexe.

— Peut-être pas pour toi. Et si c'est moi qui changeais ?

— Cela m'est égal tant que je peux te posséder.

Elle aurait aimé que cela lui importe mais elle renonça à le lui dire et commença à rassembler ses vêtements.

— Je suppose que tu ne vois pas d'inconvénient à ce que je garde ma propre chambre ?

— C'est ce que tu souhaites ? demanda-t-il.

Elle devait se protéger à tout prix.

— Oui.

— Très bien.

Bien qu'il soit toujours nu et encore un peu essoufflé, Krav prononça ces mots avec un tel détachement qu'il aurait été facile de croire que cela ne le touchait pas le moins du monde. Mais au fond d'elle, Riot savait que ce n'était pas le cas.

Malgré cela, de retour dans sa chambre, elle céda au tumulte de ses émotions et fondit en larmes.

Même si elle avait décidé d'être forte et de devenir actrice de sa propre vie, cela ne signifiait pas que c'était facile.

C'était un combat mais au moins, à présent, elle l'acceptait.

Car elle avait choisi de devenir la femme de Krav.

Et elle allait décider de la vie qu'elle voulait mener.

11.

Krav soupira. Riot n'était pas revenue dans son lit depuis leur nuit de noces, trois jours avant, et il ne pensait qu'à ça.

Leur étreinte avait été une révélation.

Il s'était retenu, lui laissant un certain contrôle alors qu'il mourait d'envie de la garder avec lui toute la nuit.

Il avait deviné sa fragilité sous son apparence téméraire, comme si elle s'était tenue en équilibre sur le fil du rasoir, prête à tout risquer et… même s'il n'était pas homme à admettre qu'il avait peur, il savait qu'il était dangereux de pousser à bout une femme dans cet état-là.

Comme si tu avais déjà vécu ce genre de situation avec une autre…

Non. Jamais. Il n'y avait pas d'autre femme comme Riot.

Bien qu'il soit rarement déstabilisé, Krav avait le sentiment d'avoir fait une foule de choses inédites pour lui depuis qu'elle était entrée dans sa vie.

Jamais il ne s'était confié ainsi. À présent, ils dînaient ensemble le soir et discutaient librement. Elle en savait de plus en plus à son sujet, sur son passé, ce qu'il ressentait, et désormais elle connaissait aussi ses activités quotidiennes.

Parce qu'elle avait commencé à lui poser des questions. Et qu'il avait accepté de parler de sa vie, de sa mère, de ses affaires.

Riot avait changé. Autrefois, s'il rechignait à répondre à ses interrogations, elle n'insistait pas. Désormais, si.

Il sentait que chaque jour qui passait, la jeune femme s'enroulait plus étroitement dans le tissu de son existence.

Tout en berçant tendrement leur enfant.

De son côté, il ressentait un besoin puissant de protéger Soriya, mais…

Il n'avait toujours pas pris sa fille dans ses bras.

Bientôt, elle serait grande et ce ne serait plus un sujet.

Lui, en tout cas, on ne l'avait jamais porté.

Une nuit, alors qu'il arpentait l'un des couloirs, il entendit des gémissements plaintifs. D'habitude, quand le bébé pleurait, Riot ou l'une des nounous arrivait vite et les cris cessaient, mais ce ne fut pas le cas cette fois-ci.

Alors, il poussa la porte de la chambre de Soriya et entra dans la pièce obscure.

Il se tint immobile, incapable du moindre geste devant le petit être qui pleurait dans son berceau, car il s'était convaincu que la distance serait de loin préférable pour elle à tout contact avec lui.

Soriya pleurait et il ne faisait rien.

Lui-même avait été un enfant solitaire, privé de câlins, de réconfort et des bras aimant d'un parent.

Et voilà qu'à présent, il faisait la même chose avec sa fille.

Au fond, il n'était qu'un lâche. Il comprit soudain qu'il était envahi par la peur. Et le dégoût qu'il en tira de lui-même lui coupa quasiment le souffle.

Il fit un pas vers le berceau, puis un autre.

Très lentement, il se pencha et toucha la petite main qui s'agitait. Soriya cessa de pleurer et elle enroula ses doigts minuscules autour de son index.

Cette petite fille s'accrochait à lui de toutes ses forces et soudain, Krav se rappela comment lui aussi avait tenté de s'accrocher à sa mère. C'était ce souvenir précis qui l'avait convaincu qu'un enfant a besoin de sa maman. Parce qu'il avait été dévasté par la perte de la sienne et projeté dans un monde où il avait découvert un père qui n'en était pas un.

Il avait eu besoin de ses deux parents mais n'avait eu ni l'un ni l'autre.

Et il était là ce soir, à perpétuer cette souffrance en la transmettant à cette enfant innocente.

Soriya avait besoin qu'il trouve en lui la force d'être plus, d'être meilleur.

Et c'est grâce à Riot qu'il se trouvait là. Grâce à ce qu'elle était, à sa bravoure.

À la façon dont elle l'avait traité ces derniers jours alors qu'il ne le méritait pas.

Grâce aux liens qu'elle essayait de créer.

Le cœur de Krav se fit plus lourd dans sa poitrine. S'il ne changeait pas, s'il restait campé sur ses positions, l'histoire se répéterait inlassablement.

Alors, il se pencha et, imitant les gestes qu'il avait observés des milliers fois en regardant Riot et les nounous, il souleva doucement Soriya et la berça contre lui.

Et il fut soudain envahi par les sentiments les plus étranges qui soient. Ce n'était pas seulement de la possessivité ou un besoin de protéger son bébé. Non, il y avait quelque chose en plus. La conviction absolue que non seulement il mourrait pour cette enfant, mais qu'il vivrait aussi pour elle.

Qu'il ferait tout ce qui était en son pouvoir pour qu'elle ne connaisse pas les souffrances que lui ou Riot avaient endurées dans leur vie.

Voilà pourquoi il ne l'avait jamais prise dans ses bras. Parce qu'il savait qu'en le faisant, il n'aurait plus le choix et devrait changer.

Or, il avait défini qui il était depuis longtemps et s'était forgé une barrière de protection pour que rien ni personne ne puisse l'atteindre.

Pour se défendre contre les humiliations de son père. Pour consolider l'héritage que lui avait laissé sa mère. Les jours les plus heureux de sa vie.

Mais maintenant, il devait changer et cette conviction n'était pas motivée par la violence ou la force.

Son père avait fait appel à la force pour le faire devenir Krav.

Là, c'était la petite main délicate de sa fille, enroulée autour de son doigt, qui avait opéré ce changement en lui.

C'était le baiser d'une femme au milieu des temples en ruine qui avait initié cette mutation.

Ce moment. Ce changement.

Et l'évidence le frappa comme un coup de poing dans la poitrine, lui coupant pratiquement le souffle tandis qu'il serrait sa petite fille contre son cœur.

Puis il se tourna et aperçut Riot. Elle se tenait dans l'embrasure de la porte et des larmes coulaient silencieusement le long de ses joues.

— Elle dort maintenant, murmura-t-il en reposant délicatement le bébé dans son berceau.

— Je ne l'avais pas entendue pleurer.

— Tout va bien.

Il avait la gorge nouée et surtout, il n'avait pas envie de parler de ce qu'il venait de comprendre. Pourquoi cela lui semblait-il si difficile de trouver les mots qui donneraient un sens à tout cela ? Qui exprimeraient ce qu'il voulait dire ?

Au lieu de cela, il s'écarta du berceau et marcha en direction de Riot.

Puis il lui prit doucement le menton et se pencha pour l'embrasser.

Ils ne s'étaient pas touchés depuis leur nuit de noces et alors, leur étreinte avait été sauvage et brutale.

Son baiser cette fois-ci était doux et tendre.

Soudain, une douleur transperça la poitrine de Krav et il se détourna pour sortir sur le vaste balcon qui courait tout le long de l'étage. C'est là qu'il se tenait habituellement quand il observait Riot et Soriya allongées sur l'herbe. Sans jamais participer à ces moments de joie car il se retenait.

Et il pleuvait.

Il se retourna et elle vint le rejoindre sur la terrasse.

— Pourquoi est-ce qu'il pleut toujours ? murmura-t-il.

Il pleuvait quand il l'avait rencontrée.

Quand elle était partie.

Quand elle s'était souvenue.

— Peut-être faut-il y voir un message, répondit-elle.

Elle s'approcha de lui sans tenir compte des gouttes d'eau qui s'abattaient sur elle et elle posa la main sur sa joue.

— Peut-être que la pluie est là pour faire naître quelque chose de nouveau. Pour apporter un autre regard sur la vie.

Krav la prit dans ses bras et l'embrassa.

Un baiser sans fin tandis que la pluie ruisselait le long de leurs corps.

Il la porta dans l'escalier, jusqu'à l'endroit où il les avait si souvent regardées en mourant d'envie de les rejoindre.

En se retenant de toutes ses forces.

Ils se déshabillèrent l'un l'autre avec des gestes désordonnés. Puis ils s'étendirent sur la couverture qu'elle avait laissée dans l'herbe. Ils étaient nus tous les deux sous la pluie tandis que ses mains effleuraient le corps de la jeune femme.

Riot était belle et sauvage, délicate et forte à la fois.

Elle était tout.

Et ce, depuis le début.

Krav avait vécu une existence solitaire tout en rêvant de garder intacts ses origines et ses souvenirs de sa mère. Mais ces derniers étaient déconnectés. Il lui avait souvent rendu visite au Cambodge, mais ils n'avaient pas réussi à rétablir des liens intimes. Et dans les derniers temps, sa mère était si malade qu'il ne savait même pas si elle le reconnaissait.

Et c'est toujours aussi seul qu'il avait assisté à son enterrement. Assis au premier rang devant une foule de gens qui l'ignoraient car, même s'il faisait partie de la famille, on ne le connaissait pas.

On lui avait volé cela. Pas seulement sa mère, mais une communauté.

En arrivant en Italie, il avait été confronté à la même solitude.

Mais oui, il avait réussi. Il avait fait fortune. Le monde affluait autour de lui car il avait du pouvoir. Les femmes lui couraient après parce qu'il était beau, mais aussi parce qu'elles pensaient pouvoir bénéficier de ses richesses.

D'autres que lui enchaînaient les liaisons en faisant des chèques pour régler les problèmes qui survenaient. Krav n'avait jamais fonctionné ainsi. Rien de ce qu'il avait construit n'avait à voir avec ce qu'il était.

Mais Riot était là. Elle le voyait.

Ils avaient bâti quelque chose ensemble ce soir-là. Et ils continuaient à le faire.

C'était plus que du désir. Une connexion.

Comme des fils d'or minuscules tissés entre eux. Réparant leurs blessures et laissant une poussière lumineuse là où il n'y avait que de l'obscurité, du vide.

Du néant.

Et quand il plongea dans son corps magnifique, ce fut comme s'il reprenait vie, comme si tout son être s'animait de l'intérieur, illuminant les recoins sombres de son âme et les rendant plus visibles que jamais.

Il n'y avait nulle part où se cacher.

Il eut envie de battre en retraite mais il ne le pouvait pas. Car elle était tout autour de lui, avec sa douceur et son parfum de soleil et de pluie. Comme une révélation.

Et sa libération fut au-delà du plaisir. Il eut le sentiment de se vider entièrement de son être.

De tout ce qui restait.

Il se retourna sur le dos, laissant la pluie tomber en cascade sur son torse, les yeux grands ouverts vers le ciel. Et Riot vint s'allonger sur lui en se blottissant contre sa poitrine.

Ils étaient ensemble.

Soudain, il se rappela cette nuit où elle était allongée par terre dans la rue, sous la pluie.

La façon dont il l'avait traitée alors même que son cœur se déchaînait contre lui. Ces sentiments…

Ces sentiments qu'il avait tellement cherché à tenir à l'écart.

— Nous devrions rentrer, dit-il en s'asseyant. Tu vas attraper froid.

— Je n'ai jamais froid quand je suis avec toi.

Mais une lueur dans les yeux de la jeune femme lui fit deviner qu'elle n'était pas sincère.

— Tu ne penses pas ce que tu dis.

— J'aimerais y croire, murmura-t-elle. À partir de maintenant, je voudrais que ce soit la vérité.

Il savait qu'il l'avait déjà glacée. Quand il l'avait rejetée puis s'était détourné d'elle.

Maintenant, il comprenait qu'il voulait… il voulait son amour. Il voulait qu'elle l'aime.

Et il reconnut qu'il allait devoir être différent. Agir autrement qu'à son habitude. Il devait bien exister un moyen de changer, tout en se protégeant. Sans risquer de se mettre en péril. Il y avait sûrement une solution…

— Demande-moi ce que tu veux, déclara-t-il. Je te le donnerai. Même si c'est la moitié de ma fortune.

— Je n'ai que faire de ton argent. Je veux dire… je suis ravie de profiter de ta richesse mais ce qui m'importe, c'est seulement nous deux.

Il la prit dans ses bras et la ramena à l'intérieur du manoir, jusque sous la douche dans laquelle il entra avec elle pour que le jet d'eau les réchauffe tous les deux.

Puis il la porta jusqu'à son lit et il lui fit l'amour à nouveau dans la douceur des draps en soie. Et il pensa… que c'était plus que ce qu'il avait toujours cherché à construire.

Il eut le sentiment qu'on lui avait rendu une part de lui-même.

Il n'aurait peut-être jamais un cœur intact, mais Riot pourrait combler ce manque.

Il ferait son possible pour la satisfaire, pour lui faire plaisir et alors, il saurait que ce serait juste.

Krav s'endormit, réconforté par cette pensée.

Il était sans doute brisé au-delà de toute réparation possible mais Riot l'avait déjà remis sur pied en plusieurs occasions.

Elle serait sa boussole.
Il la tint, serrée contre lui, toute la nuit.
Et pour la première fois de sa vie, il rêva de l'avenir.
Et il ne méprisa pas ce qu'il vit.

12.

Cette nuit avec Krav avait marqué un changement complet dans leurs relations. Quoi qu'il se soit passé entre eux… ou en lui. Riot frémit de plaisir en se rappelant qu'il l'avait gardée dans ses bras.

Et il avait continué à le faire les nuits suivantes.

À présent, ils partageaient le même lit. Mais c'était différent de l'époque où ils avaient séjourné sur la côte amalfitaine. Ce n'était plus une aventure sexuelle irréfléchie.

Non pas que ce qu'il y eut entre eux ne soit pas profondément sexuel. Ça l'était.

Il y avait quelque chose d'autre. Il faisait réellement l'amour avec elle.

Mais il…

Il se retenait toujours. Elle en était convaincue. Il luttait contre lui-même. Contre eux deux.

Même si c'était subtil, Riot le sentait. Il y avait en lui une résistance qui refusait de céder. Et pourtant… il s'était adouci.

Elle voyait toujours en lui le prédateur. C'était dans sa nature. Il restait tout aussi dangereux que par le passé. Mais il avait changé, imperceptiblement, sans qu'elle sache vraiment en quoi…

Le plus dur, c'est qu'elle ne savait pas comment l'approcher. Il l'avait déjà blessée tant de fois… Pourtant, elle avait appris de la vie comment se protéger. Mais elle s'était montrée très naïve avec lui. Elle lui avait offert son cœur pour qu'il le piétine et le brise en mille morceaux.

Et elle n'avait pas envie de revivre ça.

Un jour, Krav proposa un séjour sur la côte amalfitaine.

Riot hésita. Était-elle vraiment prête à retourner sur les lieux où elle avait été dévastée par la souffrance ?

Elle finit par accepter, car elle était déterminée à suivre le chemin sur lequel ils s'étaient engagés.

Et puis, au fond, peut-être y trouverait-elle des réponses ?

Ce fut une joie de voir Krav participer à la préparation de Soriya pour le voyage. Elle le regarda avec émotion et tendresse endosser son rôle de père débutant et parfois maladroit.

Il prépara lui-même le sac de leur bébé. Il emmitoufla la petite dans sa combinaison et la tint dans ses bras durant le voyage en avion.

— Je n'avais jamais porté un bébé avant elle, avoua-t-il après le décollage.

— Jamais ?

— Non. J'ai mené… une vie très solitaire.

— Peux-tu m'en dire plus sur ton enfance ?

— Tu comptes me facturer la séance de psychothérapie ?

— Non, j'ai juste envie de… savoir. Je me suis promis, entre autres choses, que je serai une bonne mère pour Soriya, quoi qu'il se passe entre nous. Moi aussi, j'ai été seule toute mon enfance. Nous déménagions sans arrêt pour éviter les créanciers et les réclamations des propriétaires. Je me faisais des amis à l'école mais ce n'était jamais pour longtemps. Parfois, ma mère ne prenait même pas la peine de me scolariser car elle savait qu'on partirait vite. C'était une vie chaotique et très incertaine.

— Dis-moi, fit-il. Quand tu as appris que tu étais toujours enceinte, tu ne me l'as pas dit. Qu'avais-tu prévu de faire ? Tu devais bien avoir un plan.

— Je ne t'en ai pas parlé parce que tu m'avais déclaré que tu ne voulais pas d'enfant.

Il serra les mâchoires et hocha lentement la tête.

— C'est vrai. Je ne t'en veux pas pour ça.

Pourtant, il y avait de l'irritation dans la voix de Krav, mais Riot sentit que celle-ci était dirigée contre lui-même.

— Ça tombe bien parce que si tu m'en voulais pour ça, tu mériterais que je te frappe de toutes mes forces. J'ai fait ce qu'il fallait pour survivre et ça ne mérite pas que tu te mettes en colère.

— Non.

Étrangement, les mots qu'elle venait de prononcer résonnèrent en elle.

Ce qu'il fallait pour survivre…

Elle se demanda jusqu'à quel point les actes de Krav avaient répondu à la même nécessité de survivre.

Et alors qu'elle ne s'y attendait pas, elle ressentit une bouffée de tendresse envers lui.

Elle aurait préféré qu'il se confie à son tour sur sa propre enfance, plutôt que de laisser dérailler la discussion vers la sienne, mais au fond, peut-être avait-il besoin de cela pour être en confiance.

— Je savais que je voulais offrir une stabilité à mon enfant, poursuivit-elle. Et surtout de l'amour et du soutien. Je n'ai jamais compté pour ma mère et, le plus souvent, j'avais le sentiment d'être un fardeau. J'étais consciente de lui rendre la vie plus difficile. Je voulais… La raison pour laquelle j'étais vierge, Krav, c'est que je ne voulais pas de cette vie-là. Je pensais que j'étais plus intelligente qu'elle. Puis je t'ai rencontré et j'ai abandonné toutes mes convictions. Parce que plus rien ne comptait. Je ne voulais plus que toi. Mais quand j'ai découvert que j'allais avoir Soriya, j'ai su que je devais faire mieux. J'ai trouvé un travail en Angleterre et j'ai décidé de m'installer là-bas. Je ne voulais pas retourner en Géorgie, pour ne pas avoir l'impression de vivre la même vie que ma mère. Bref, j'ai agi de cette façon pour me sentir… meilleure. Au moment de mon accident, j'étais en train de livrer des pâtisseries…

— Te souviens-tu de l'accident ?

— Non, toujours pas. La dernière chose que je me rappelle,

c'est que je partais au travail. J'ignore si ça me reviendra un jour. Ce temps perdu me fait un peu peur, même si j'en ai regagné une partie. Bref, pour répondre à ta question, j'avais bien un plan. Mais je pense que le plus important pour moi était de savoir où ma mère avait échoué et de ne pas marcher sur ses pas. Je voulais suivre mon propre chemin.

— Tu es forte, murmura-t-il. Je suis heureux que ma fille ait une mère comme toi.

— À ton tour, reprit-elle. Comment était-ce de grandir dans ce pays ?

— C'était un cauchemar, répondit-il. Les seuls contacts que j'avais avec mon père se faisaient par l'intermédiaire de tuteurs et de nounous. Il leur avait été demandé de ne pas s'occuper de moi, de ne jamais me faire de câlins. Parfois… C'était un homme violent, Riot, et il arrivait qu'il ne parvienne à calmer sa fureur que sur moi. Mais là aussi, je trouvais des moyens de survivre. Le plus dur était de savoir que j'avais autre chose dans ma vie, avant. Mais avec le temps, j'ai perdu peu à peu ce lien. Jusqu'à ce que l'amour de ma mère ne soit plus qu'un souvenir. Une image dans mon esprit… l'impression d'un sentiment inaccessible. Parallèlement à cela, je m'éloignais de tout le reste. C'est grâce à cette distance que j'ai survécu.

— Krav…

— Ce n'est pas une belle histoire…

— Non, mais la vie n'est pas toujours belle. Et je veux te connaître. Tu peux m'en parler sans chercher à masquer ce qui s'est passé réellement. Et me raconter précisément ce que tu as vécu.

— Un jour, il m'a frappé tellement fort que j'ai cru que j'allais en mourir. Ma nounou aussi. Elle m'a emmené à l'hôpital, mais ils ont dû taire ce qui s'était passé.

Il resta silencieux quelques instants, le regard perdu dans le lointain.

— Je me souviens de chacun de ses coups de poing. De ses coups de pied. Encore et encore. Quand on ne peut pas s'échapper physiquement, on s'enferme à l'intérieur de soi-même. C'est ce que j'ai fait. Et je ne suis pas sûr d'en être sorti depuis.

La survie. Il était le résultat de ce qu'il avait dû faire pour survivre. À cette pensée, Riot sentit son cœur se briser en mille morceaux. Krav avait été si maltraité et avait traversé tant de drames durant son enfance…

— J'ai survécu malgré mon père, reprit-il. Vers la fin de sa vie, quand il est tombé malade, je l'ai envoyé dans un établissement de santé et je ne l'ai jamais revu. Je n'ai pas été une seule fois à son chevet et quand il a rendu l'âme, quand les portes de l'enfer se sont ouvertes pour l'accueillir, j'espère… eh bien, j'espère qu'il a eu aussi peur que moi quand j'étais enfant. Qu'il s'est senti aussi seul et coupé de tout ce à quoi il tenait. Son argent ne l'a pas protégé, à la fin.

Il baissa les yeux sur elle.

— Tu me trouves cruel ?

— Oui, répondit-elle sincèrement. Mais je ne t'en blâme pas.

— C'est intéressant, n'est-ce pas ? J'ai fait tout ce que je pouvais pour ne pas le laisser décider qui j'étais et pourtant, ce que je ressens le plus, c'est cette rage qu'il m'a laissée en héritage. Et cette cruauté. Parfois, cela m'inquiète.

— Moi, ça ne m'inquiète pas.

— Tu n'as jamais pensé à te venger de ta mère ?

— Non. À quoi bon ? C'est une femme triste. Elle n'a jamais eu de pouvoir, alors elle s'est constamment rebellée contre le monde qui l'entourait. Contre ses propres choix. Me venger ne servirait à rien. Elle se pose en éternelle victime. Cela lui donnerait juste une nouvelle occasion de se plaindre.

— Tu es plus gentille que moi.

— Je ne crois pas. Je ne sais pas comment j'aurais réagi si l'occasion s'était présentée…

Leurs regards se croisèrent et elle se sentit… accablée par ce qu'ils venaient d'échanger.

Mais elle tenait à Krav. Profondément.

Et soudain, la perspective de retourner dans cette maison de la côte amalfitaine lui fut moins pénible. Car au fond, lui-même vivait à l'endroit où il avait été si malheureux, enfant. Il était parvenu à surmonter ce défi, y faire face.

Elle comprenait à présent que, quoi qu'il ait pu accomplir, ce n'était pas par simple cruauté.

Il essayait juste de survivre.

Dans cet unique objectif, il avait fait le mauvais choix.

Et il l'avait blessée.

Elle savait qu'ils continueraient probablement à traverser des épreuves en se faisant du mal l'un l'autre.

Même si cela lui semblait inexorable, elle était prête à l'accepter et cette idée l'apaisa, sans qu'elle puisse l'expliquer.

Son cœur se serra quand ils arrivèrent à la villa. Oui, elle avait terriblement souffert ici. Mais maintenant, la demeure était pourvue d'une chambre d'enfant. Et celle-ci était splendide.

La pièce lui fit penser à celle qu'il avait fait préparer pour elle à Rome au moment de son réveil. Cette chambre dans laquelle elle ne dormait plus depuis qu'ils partageaient le même lit.

— C'est magnifique !

— C'était important pour moi que Soriya ait un endroit comme celui-ci.

— Tu as changé, murmura-t-elle en posant une main sur sa joue.

— Tu crois ? répliqua-t-il avec une note de désespoir dans la voix qui lui serra le cœur.

— Oui.

C'était étrange d'arpenter ces lieux où elle n'avait pas mis les pieds depuis un an. À l'époque, elle était naïve et pleine d'espoir, alors qu'elle ne savait rien de lui. Il ne partageait rien avec elle.

À présent, c'était différent. Ils étaient différents. Mais il leur restait encore des obstacles à franchir.

En auraient-ils la force ?

Ne perds pas espoir.

D'où venait cette petite voix dans sa tête ? Rien dans sa vie ne suggérait pourtant que Riot puisse fonder de l'espoir sur quoi que ce soit.

Menteuse. Tu ressasses sans arrêt les malheurs de ta propre enfance. Pense à ta vie avec lui. Elle mérite que tu gardes espoir.

Après tout, n'avaient-ils pas déjà enduré tant d'épreuves ? Ils n'étaient pas séparés, malgré ce qui était arrivé. Ils étaient toujours ensemble. Krav était son mari. Il s'était confié au sujet de son enfance et des traumatismes qu'il avait subis. Tout cela comptait, tout de même.

Et même s'ils étaient longtemps restés éloignés l'un de l'autre, la vie les avait de nouveau réunis.

Il y avait de l'espoir dans tout cela.

De l'espoir.

C'est ici que Riot lui avait avoué qu'elle l'aimait, pour la première fois. Elle le lui avait répété à Paris, plus tard.

Et chaque fois, elle avait été brisée après cet aveu.

Aurait-elle le courage de le redire ?

Car elle l'aimait, c'était une évidence. Elle l'aimait depuis le début et le fait de le connaître mieux n'avait fait qu'approfondir ses sentiments.

Et maintenant, elle portait dans son corps et son âme les cicatrices de Krav, comme pour les partager avec lui.

Elle se plaisait même à penser qu'il faisait de même avec ses blessures à elle.

Ça n'avait pas été facile d'arriver là où ils en étaient.

Mais ils s'étaient mariés et avaient eu un enfant ensemble.

Et chaque jour qui passait, Krav était plus proche de Soriya.

Cela signifiait forcément quelque chose.

Peut-être Riot était-elle trop attachée aux signes. La pluie en était un exemple. Mais elle décida d'organiser un bon dîner pour eux. Comme cette nuit-là, quand tout s'était écroulé.

Parce qu'elle était déterminée à réécrire une fin différente.

Krav était son destin, elle le savait à présent et cette

certitude lui donnait des forces. Elle devait avoir confiance. Confiance en eux.

Elle alla jusqu'à faire préparer le même menu, tout en se demandant si cela ne relevait pas du masochisme, mais après tout, elle avait renoncé à percer les mystères de son âme.

Elle confia Soriya à la garde de ses nounous. Ce soir, ils avaient besoin d'être seuls. C'était important et nécessaire. Juste elle et lui.

Cette connexion entre eux et ce qu'ils avaient appris l'un de l'autre depuis cette première nuit où ils s'étaient rencontrés étaient trop forts.

Pendant un temps, Riot avait mis ce lien sur le compte de l'alchimie sexuelle.

À présent, elle savait que cela allait bien au-delà. Et que ça devenait chaque jour plus profond.

Lorsque Krav descendit de son bureau, elle fut comme chaque fois fascinée par sa beauté. Il portait une chemise blanche déboutonnée au col qui laissait entrevoir le haut de son torse puissant. Ses manches étaient relevées jusqu'aux coudes, révélant ses avant-bras musclés.

Jamais elle ne se lasserait de cet homme. De sa peau bronzée et ferme. De ses traits parfaitement dessinés. De ses mains grandes et fortes quand il la prenait dans ses bras. Quand il la touchait.

— Je me suis dit que c'était une soirée spéciale.

— Pour quelle raison ? demanda-t-il en jetant un œil à la table dressée.

— Parce que nous sommes ensemble.

— Nous sommes toujours ensemble, répliqua-t-il en l'embrassant sur les lèvres.

— Je sais. C'est ce qui rend la vie si spéciale.

Krav s'écarta d'elle lentement, un sourire prudent éclairant son visage.

— Je suppose…

— Ne t'inquiète pas. Je ne vais pas t'annoncer que je suis enceinte.

Il éclata de rire.

— Quel soulagement !

— Tu ne veux pas d'autres enfants ?

Il marqua une pause avant de répondre.

— Je n'y suis pas opposé. Contrairement à nous, peut-être que Soriya devrait avoir des frères et sœurs.

— Je crois que j'aimerais cela.

Au fond, n'était-ce pas le but de ce dîner ? Planifier leur avenir. Soudain, Riot se sentit légère et heureuse. Pleine d'espoir.

Ils mangèrent dans un silence relatif, abordant de temps à autre des sujets de conversation légers et agréables.

Jamais elle ne s'était sentie liée aussi intimement à quelqu'un dans sa vie.

Elle avait le sentiment que ce qu'ils partageaient était profond et spécial.

Et pourtant, il manquait quelque chose.

Elle prit une grande inspiration. D'où venait cette inquiétude qu'elle sentait naître dans son cœur ?

Quel besoin avait-elle de toujours chercher à mettre au clair ce qui lui échappait ?

Car il restait ce détail. Ce détail qui n'en était pas un.

Quand ils eurent terminé le dessert, Krav tendit la main vers elle et elle se leva pour répondre à son invitation. Il l'attira sur ses genoux et lui donna un baiser. Elle sentit le goût du chocolat noir et du café, mêlés à celui du désir.

— Krav…, chuchota-t-elle.

Elle était sur le point de lui dire qu'elle l'aimait. Cela ne lui faisait pas peur. Elle l'avait fait tant de fois.

Mais elle se retint, pensive.

Ils avaient déjà vécu ce moment. Et dans son esprit résonna l'écho d'une soirée qui avait eu lieu plusieurs mois auparavant. Combien d'échos y avait-il eu ainsi ?

Ils devaient cesser de répéter la même histoire.
Il fallait briser ce cercle funeste.
Quelque chose devait changer. Et c'était le moment.
— Est-ce que tu m'aimes ?

13.

Krav ne s'attendait pas à ce qu'elle lui pose cette question, tout aveuglé qu'il était par sa victoire.

Il l'avait reconquise.

C'était peu à peu devenu évident au cours des dernières semaines. Riot ne le fuyait plus. Elle se montrait joyeuse en sa compagnie, comme au début de leur histoire. Elle était à lui. Il la possédait, comme il en avait besoin. Elle tenait à lui. Et cela aussi sonnait comme une victoire. Il était convaincu qu'ils en étaient arrivés à un point où elle ne le détestait plus. Depuis cette nuit atroce qu'ils avaient passée.

Quand tous les recoins sombres de son âme avaient été mis au jour.

Elle venait de prononcer un des mots auxquels il s'attendait. Mais elle avait retourné la formule et lui avait renvoyé la balle. À présent, Krav était comme pétrifié.

Il se rendit compte qu'il était… incapable de répondre à sa question. Alors, il se contenta de glisser une main derrière son cou pour l'attirer à lui et l'embrasser fougueusement.

Parce que cela avait un sens.

Et surtout, cela lui permettait de s'éloigner de ce sujet troublant.

Mais combien de fois cette situation se représenterait-elle ?

Et si Riot s'éloignait encore de lui ?

Et lui, combien de fois allait-il fuir ?

Ce n'est pas une fuite. Et puis, les mots n'ont pas d'importance.

Il l'embrassa de nouveau. Avec toute la férocité refoulée

qu'il gardait en lui. Et cette fois, ce n'était pas sous la pluie. Ce n'était pas non plus doux ou tendre. C'était brutal, effrayant.

Comme tout ce qu'il était.

Un tigre, prêt à les dévorer tous deux.

Une douleur intense naquit dans sa poitrine.

Insoutenable.

Il ne voulait pas ressentir cela. Il ne voulait pas…

— Krav…

— Ne parle pas, coupa-t-il en lui mordillant le menton.

Et tandis qu'il continuait à l'embrasser, il vit des larmes affleurer aux yeux de la jeune femme. Mais elle ne le repoussa pas. Elle ne s'éloigna pas de lui.

Et il grogna dans son cou en l'embrassant plus bas, faisant glisser les bretelles de sa robe pour exposer ses seins à son regard.

Le personnel s'était éclipsé. Tout le monde savait comment cela se passait entre eux.

À quel point c'était inévitable.

Intense et sombre.

Est-ce ta faute ?

Il avait cru que le soleil était entré dans sa vie. Et cela avait été le cas. Tous ces moments lumineux…

Et puis, il y avait ces murs. Ces mots.

Ce que Riot réclamait. Ce que la vie exigeait. Tout ce à quoi il ne pouvait répondre.

Il n'y arrivait pas…

C'était impossible.

Alors il l'embrassa, parce que cela, il pouvait le faire. Il baissa la tête et prit son mamelon dans sa bouche parce qu'il savait. Il connaissait son désir. Ses besoins. Il savait comment assouvir la passion brûlante qui les consumait.

Mais il était incapable de répondre à sa question.

Il ne le pouvait pas. Alors que jamais il ne s'était laissé aller à l'incertitude ou à la peur, il était en proie à un tourbillon d'émotions nouvelles. À cause d'elle.

Toujours elle.

Parce qu'elle était entrée dans sa vie et avait exigé de lui des choses qu'il ne savait pas donner. Parce qu'il l'avait amenée ici, en cet endroit précis, devant cette table, un an auparavant, et qu'elle lui avait annoncé qu'il allait être père. Ce mot auquel il ne pouvait penser sans que tout son être se transforme en pierre.

Il était parvenu à contourner cette épreuve, ce traumatisme. Il avait réussi et, aujourd'hui, il berçait même son enfant dans ses bras. Il tenait à cette petite fille. Et il tenait à Riot, aussi.

Pourquoi fallait-il toujours qu'elle en demande davantage ?

Ça ne s'arrêterait donc jamais ?

Au fond, c'était une question stupide car cela ne venait pas seulement de la jeune femme.

Son désir pour elle, par exemple, était continu. Il ne faiblissait pas. Ne changeait pas. Comme le flux d'un torrent impossible à endiguer. Un besoin constant.

Infini. Sur lequel il n'avait aucun contrôle.

C'était pour lui inacceptable. Insupportable.

Riot posa les mains sur son torse, tirant frénétiquement sur les boutons de sa chemise, et il sentit qu'elle était animée par la même rage que lui.

Sans doute ressentait-elle aussi cette colère liée au fait qu'elle ne maîtrisait pas plus son désir pour lui. Liée à la façon qu'il avait eue d'éluder sa question. Pourtant, elle ne pouvait s'empêcher de le toucher.

Il fit l'erreur de la regarder dans les yeux. Et il y lut une forme de désespoir. Une requête qui le toucha au plus profond de son être.

Soudain, comme si toutes ses barrières s'écroulaient, il ne parvint plus à garder cette distance qui l'avait protégé tout au long de sa vie. Même ce moment intense qu'ils avaient vécu dans la chambre de Soriya n'était rien comparé au regard que Riot venait de lui lancer.

Il eut l'impression que son cœur était broyé. Écrasé dans la paume délicate de Riot.

Elle seule avait le pouvoir de faire cela. De le détruire de cette manière.

Une destruction totale.

Il ne pouvait plus soutenir son regard.

N'y tenant plus, il la souleva et la plaqua contre le bar. Se tenant derrière elle, il lui prit les mains et les posa sur le comptoir en marbre, puis il repoussa la masse épaisse de ses cheveux sur le côté avant de l'embrasser dans la nuque. Elle frissonna sous son baiser.

Il attendit. Allait-elle lui demander de partir ? Le repousser comme elle l'avait déjà fait ? Elle ne bougea pas.

Alors, il fit lentement remonter sa robe le long de ses cuisses et, écartant sa petite culotte en soie, il glissa les doigts au cœur de son intimité.

Elle était humide de désir. Même maintenant.

Tout comme lui était dur pour elle.

Peu importe que le monde brûle autour d'eux.

Non. Aucune flamme ne les entourait. L'incendie ne faisait rage qu'en lui. Krav était incandescent. Torturé par ce besoin dévastateur qui s'était emparé de tout son être.

Torturé par elle. Par tout ce qu'elle était.

Il l'avait vue comme un présent du ciel, ce jour-là dans les ruines. Comme si elle avait été là pour lui. Pour satisfaire ses pulsions et l'aider à enfouir son chagrin au plus profond de sa mémoire.

Mais elle ne l'avait pas du tout aidé à enfouir ses sentiments.

Au contraire, sa rencontre avec Riot n'avait contribué qu'à faire remonter à la surface des émotions plus profondes et oubliées. Cette femme n'était absolument pas un cadeau. Elle était une malédiction.

Il avait eu tant de mal à se remettre de la mort de sa mère...

Il n'était pas possible de continuer à souffrir ainsi.

La vie ne pouvait pas être aussi douloureuse en permanence. Sinon, à quoi bon la poursuivre ? Quel intérêt dans tout cela ?

Il grogna et introduisit deux doigts dans le sexe de Riot tout en tirant doucement ses cheveux en arrière. Elle gémit et se cambra, pressant ses fesses plus fermement contre lui.

— Tu as envie de moi, même maintenant, murmura-t-il contre son oreille. Alors que je ne peux pas te donner ce que tu veux.

— Tu refuses de me donner ce que je veux, corrigea-t-elle en le regardant par-dessus son épaule.

— Tu ne comprends pas, reprit-il en faisant aller et venir ses doigts en elle. Je ne peux pas.

— Tu es un lâche, dit-elle.

Sans pouvoir résister davantage, il baissa son pantalon et la pénétra profondément d'un seul coup.

Une main sur ses hanches, l'autre agrippée à ses cheveux, c'était comme s'il les punissait tous les deux. Pour ce besoin mutuel. Pour tous les sentiments que cela faisait naître en eux. En cet instant, s'il avait pu ouvrir sa propre poitrine et en extraire son cœur, avec tout ce qui lui faisait mal, il n'aurait pas hésité.

Mais c'était impossible. Et ils étaient là tous deux, perdus dans ce maelström de besoins, de désir et d'envie.

Quand il ne put se retenir plus longtemps, il se libéra en elle en poussant un cri animal tandis qu'elle gémissait son nom en tremblant. Brisée, comme lui.

— Tu ne m'aimes peut-être plus, fit-il quand il eut repris son souffle. Mais tu as besoin de moi.

— Je ne t'ai jamais dit que je ne t'aimais plus, répliqua Riot.

Il s'écarta.

— C'est pourtant le cas.

— Non, Krav. Je t'aime, déclara-t-elle. Et j'avais vraiment envie que tu me le dises aussi. Parce que je me suis ouverte et exposée à toi si souvent. Seulement pour que tu me dises non. Pour que tu me regardes dans les yeux et que tu m'avoues que tu ne ressens pas la même chose que moi. J'ai besoin de le savoir, tu comprends ? Personne ne m'a jamais aimée non plus, tu sais. Tu n'as pas le monopole de la souffrance ni des parents distants. Qui se moquent de toi. La différence entre nous deux, c'est que moi, je veux aimer. Et être aimée. Quand je suis sortie du coma, j'ai cru que nous étions amoureux et c'était comme si tous mes rêves s'étaient réalisés. Même ceux auxquels je n'osais pas croire. J'ai connu ce moment de lumière où plus rien d'autre ne comptait. Qu'importe si je ne me souvenais pas des étapes que nous avions franchies pour en arriver là. Tout ce qui importait, c'était que nous nous aimions. Le reste, le passé, la souffrance, pouvait aller au diable. Je te pardonnerai pour tout cela. Je pardonnerai à ma mère, à mon père absent. Quelle que soit la douleur dont j'ai besoin de me débarrasser, je le ferai, tant qu'elle ne m'empêche pas de t'aimer.

— Et d'aimer Soriya.

— Oui. Mais en toute honnêteté, c'est plus facile d'aimer un bébé innocent qu'un homme adulte avec des problèmes et des cicatrices plus profondes que les miennes. Mais si je dois le faire… si je dois m'ouvrir à nouveau et saigner pour toi, je le ferai, Krav. Parce que je t'aime. Et je veux que tu m'aimes.

— J'en suis incapable.

— Pourquoi cela ?

— Parce que c'est trop dangereux. Sais-tu… sais-tu ce que c'est que de désirer désespérément l'approbation et l'amour de la personne qui te frappe ? De ne pouvoir s'en empêcher ? J'aurais voulu que tous mes sentiments meurent le jour où on m'a enlevé à ma mère. Ç'aurait été préférable. Il faut être malade pour chercher l'amour d'une personne capable de vous mettre au sol à coups de poing. Il était tout ce que j'avais… et je l'aimais. Je voulais être comme lui. Jusqu'à ce qu'il détruise même cela. C'est alors que j'ai cessé de l'aimer. C'est très difficile de réveiller un cœur à qui l'on a appris à se taire.

— Je suis tellement désolée, murmura-t-elle. Tellement

triste que ton père ait pu te blesser ainsi. C'est bien pire que ce que j'ai subi. Je le comprends à présent, c'est pourquoi je suis prête à tout pour toi. Même à me ridiculiser. À m'oublier. Mais il faut que tu me rejoignes.

— Non.

Elle remit sa robe en place et se retourna pour lui faire face, en lui prenant le visage à deux mains.

— Tu en as envie, fit-elle en le regardant dans les yeux. Tu en as envie mais tu te tiens sur le bord de la falaise et tu as peur de sauter. Peur de t'immerger. D'aller jusqu'au bout. Je le comprends. Je t'assure. Mais nous sommes les seuls à pouvoir réparer ça. Personne ne le fera à notre place. Personne ne tient assez à nous pour cela. Toi, avec toute ta fortune et ton pouvoir, tu aurais pu rester brisé à jamais si tu l'avais décidé. Je suis la seule qui te pousse à évoluer, qui te demande de changer, de t'ouvrir. Et toi, tu es le seul à…

Elle s'interrompit quelques secondes et prit une grande inspiration avant de reprendre.

— Bien sûr, Soriya m'a apporté de la lumière. Elle m'a donné envie d'être meilleure. Mais quand je me suis réveillée, tu étais là et je ne me souvenais de rien d'autre. Tu es celui qui m'a fait désirer cette vie. Soriya m'apporte un ancrage. Elle me donne un but. Mais toi, tu comptes… Oh ! tu comptes tellement ! N'oublie jamais ça, je t'en prie.

— Je…

— Que puis-je faire pour toi ?

— Nous devrions… il faudrait que je parte. Que je te laisse seule un moment. Je devrais…

— Non.

— Je ne peux pas te donner ce que tu veux.

— C'est bon, dit-elle tandis qu'une larme coulait silencieusement le long de sa joue. Ce n'est pas grave si tu en es incapable maintenant. Mais ne te méprends pas. Je veux que tu m'aimes. C'est ce que je désire plus que tout au monde. Personne ne m'a jamais aimée. Personne. Soriya le fera car elle est mon enfant. Tu sais ce que c'est. J'ai aimé ma mère, tu as aimé ton père. Et je suis reconnaissante de cet amour. Mais je me suis battue de toutes mes forces pour avoir le courage de t'aimer, Krav. Et je veux que tu m'aimes de la même façon. Que tu m'aimes suffisamment. Pour cela… je serai patiente.

— Je ne mérite pas ta patience. Je n'en ai pas besoin. *Ni envie.*

Il se mit à faire les cent pas dans la pièce. Comme un animal en cage. Une cage qu'il aurait construite pour lui-même.

— Parce que tu ignores à quel point tu en as besoin. Tu ne sais pas ce qu'est l'amour, n'est-ce pas ?

— Il faut que je parte.

— Où ça ?

— Au Cambodge. J'ai besoin d'y retourner. C'est le seul endroit… l'unique endroit.

— Je viens avec toi.

— Non. J'ai besoin d'y aller seul.

Elle secoua la tête.

— Nous sommes déjà passés par là. Nous nous sommes quittés, n'est-ce pas ? Tu m'as rejetée et je suis partie. Regarde ce qui s'est passé. Tu veux que je sorte à nouveau de ta vie ?

— Non.

— Alors, c'est juste que tu ne veux pas m'aimer.

— J'en suis incapable !

— Laisse-moi t'accompagner.

— La peste soit de toi, Riot ! Tu ne peux pas me laisser partir en paix ?

— Pourquoi ? Pour que tu essaies de régler tout ça seul ? Et que tu conclues que tu ne peux rien y faire ? Non. J'étais à toi sans que tu aies besoin de changer, tu te rappelles ? C'était le cadeau de mon amnésie. Tu pouvais prétendre ne jamais avoir fait ces erreurs. Mais je me suis souvenue de tout ce que tu as fait. Entièrement. Et je suis toujours là, prête à t'aimer. À toi de faire le travail, maintenant. Je resterai à tes côtés pendant ce temps. Tu n'as pas à affronter seul cette épreuve.

— Ce n'est pas aussi simple…

— Ça peut l'être. Si tu te laisses aller.

— Je ne t'aime pas.

— Répète-moi ça au milieu des ruines en me regardant dans les yeux.

Il resta debout devant elle, bouillonnant de rage contre cette femme qui le poussait à bout. Qui le mettait au défi. Il voulait lui dire de le laisser tranquille. Et, en même temps, il était terrifié par ce à quoi la vie pourrait ressembler si elle n'était plus là.

Lâche.

Elle l'avait traité de lâche alors qu'elle venait de prendre du plaisir avec lui.

Au fond, il voulait… autre chose. Quelque chose d'autre que ce qu'il était. Que ce qu'ils étaient tous les deux.

— Que feras-tu du bébé ? demanda-t-il.

— Elle s'est bien portée sans moi pendant un mois. Elle restera sans problème avec ses nounous, le temps de notre voyage.

— Et si ça ne sert à rien ?

— Je me bats pour toi. Ce ne sera jamais en vain. Quel que soit le résultat.

Après avoir tout organisé avec le personnel du manoir et les nounous de Soriya, ils embarquèrent à bord du jet privé. À peine échangèrent-ils trois mots durant le vol. C'était presque comme si Riot l'avait à nouveau quitté. La souffrance qu'ils partageaient était quasiment palpable. Cette tension…

Krav avait l'impression de mourir.

La seule fois où il avait ressenti cela auparavant, c'était après l'enterrement de sa mère, mais alors, il n'y avait rien à faire. Rien à changer.

À présent, il ne savait même pas ce qu'il voulait vraiment. Avoir raison… ou que Riot ait raison.

La nuit lui sembla interminable. Aucun d'eux ne ferma l'œil. Quand ils atterrirent au petit matin et qu'il aperçut les lumières de l'aurore, Krav eut le sentiment qu'un autre jour sans fin allait commencer. Pourtant, le soleil déclinait à l'horizon quand ils atteignirent les temples en ruine.

Il s'engagea entre les colonnes de pierre envahies par la végétation.

Puis il se souvint que, le jour de leur rencontre, il avait demandé à Riot si elle était là pour un pèlerinage spirituel. Comme si c'était une plaisanterie.

— Qu'espérais-tu trouver ici ? lui demanda-t-il en se retournant vers elle.

— Moi-même.

— Et c'est moi que tu as trouvé à la place.

— Oui. Mais en chemin, j'ai découvert qui j'étais. Je… je pensais être un agneau qu'on mène à l'abattoir. Je me trompais. Je suis beaucoup plus forte que ça. Ma question est… toi, qui es-tu ?

Tandis qu'il réfléchissait dans un silence total, ils firent soudain halte devant les vestiges d'une déesse sculptée dans la pierre. Un souvenir le frappa alors comme un éclair.

Il se souvenait d'avoir vu une image semblable quand il était enfant. Une représentation de la même divinité, présente dans leur demeure. Ce souvenir était très flou, comme tous ceux qu'il gardait de sa mère. Tout à coup, ce fut comme s'il y était. Krav se revit, petit garçon, dans la maison où il vivait avec elle. Il se souvint d'une atmosphère paisible, de sécurité. On s'était toujours bien occupé de lui et il était certain que ce serait le cas pour le reste de sa vie.

Et puis…

Le souvenir de ce petit enfant qui s'accrochait en hurlant à la chemise de sa mère pendant qu'on essayait de l'emmener. Ses pleurs à elle. Leurs cris et leurs gémissements qui se répondaient.

Ces gens s'étaient emparés de lui malgré tout. Il ne comprenait pas un mot de ce qu'ils disaient. Il était totalement perdu. Et puis il y avait eu cet homme. Son père. Qui s'était montré incroyablement cruel envers lui. Pourtant, Krav avait cherché son approbation. Son affection. Quelque chose. N'importe quoi.

À présent, toutes ces prises de conscience semblaient jaillir comme un flot continu et incontrôlable, sans qu'il parvienne à les analyser avec le recul habituel.

Il ne maîtrisait plus rien. Rien.

C'était de la souffrance pure. Il avait connu tellement de douleur, déjà, et il avait choisi de l'ignorer. Mais il ne pouvait pas continuer ainsi. Il ne pouvait pas refouler sa souffrance et aimer. Le problème était là. Il le comprenait enfin.

— J'ai failli te perdre, dit-il. Sais-tu ce que ça m'aurait fait ?

— Non.

— J'étais au fond du gouffre quand tu es partie. Je n'ai pris aucune autre femme dans mon lit. Je ne voulais personne d'autre que toi. Et puis j'ai appris que tu avais eu un accident…

— Avec le temps, ton détachement t'aurait permis de te protéger, non ?

— Qui sait ? Sans cela, je n'aurais même peut-être jamais su ce que je ressentais. Je…

Il ne pleuvait pas, cette fois. Le soleil couchant baignait les ruines d'une lumière dorée.

Avait-il déjà vu ces couleurs auparavant ? Tout lui semblait si éclatant, si brillant. Pareil à la lumière qui faisait scintiller la peau de la jeune femme comme du métal précieux.

— Tu comprends, j'étais comme aveugle depuis tout ce temps… et maintenant, je vois enfin clair.

Il avait le sentiment qu'on avait enlevé un bandeau de ses yeux et que les murailles qui l'encerclaient avaient soudain disparu.

Grâce à Riot.

C'était l'aboutissement de ce qui avait débuté la première fois qu'il l'avait aperçue, perdue au milieu des ruines.

Désormais, tout était… limpide. Évident.

— Riot…

— Qu'y a-t-il ?

— J'ai vécu la moitié d'une vie. En essayant de trouver comment continuer à respirer. Mais ce n'était que la moitié d'une vie…

— Oh ! Krav…

— Sans toi, je n'aurais jamais tenu mon bébé dans mes bras. Je n'aurais même jamais eu d'enfant.

Il l'avait rencontré alors qu'il était vulnérable. Alors qu'il était envahi par les sentiments.

— Je ne crois pas que l'on puisse ressentir d'amour sans souffrance, fit-il.

— Je ne le pense pas non plus.

— La nuit de l'enterrement de ma mère, tout allait mal. J'étais bombardé de souvenirs que j'avais désespérément tenté de tenir à distance. J'étais dévasté. Par tout ce que nous n'avions pu avoir, ma mère et moi. Tout ce que nous n'avions pas pu vivre. J'étais submergé d'émotions comme jamais auparavant dans ma vie. Et c'est là que je t'ai rencontrée. Puis j'ai fait des erreurs. Toujours pour tenter de me protéger. Mais comment désapprendre la seule chose dont j'étais certain, le fait que les sentiments font souffrir ? Il aura fallu tout ce temps pour que je comprenne que… j'avais raison. Ressentir, aimer quelqu'un, quelque chose, cela fait mal. Mais ça me va.

— Ça te va ?

— Non, évidemment, ça ne me va pas. C'est terrible. Mais avec toi, la vie vaut d'être vécue. Ces sentiments en valent la peine.

— Krav…

Tout comme au moment de leur rencontre, à la différence que le soleil brillait, il marcha jusqu'à elle et baissa la tête pour plonger les yeux dans les siens.

— Je t'aime, Riot.

Elle arrivait à respirer. Pour la première fois depuis leur départ d'Italie, elle arrivait à respirer.

Elle avait tenu bon. Elle avait décidé de rester à ses côtés.

Le chemin avait été semé d'embûches, d'accidents, d'obstacles.

Mais à présent… ils étaient là, tous les deux.

Parce qu'ils s'étaient battus et avaient émergé de la mêlée, les poings serrés et le cœur vaillant.

Krav l'aimait.

— Je t'aime depuis tout ce temps, reprit-il. C'est juste que je m'interdisais de le ressentir.

— Et maintenant ?

— C'est comme la pluie qui me nettoie.

— Je t'aime.

— Je t'aime aussi.

— Allons dans la cabane dans les arbres, murmura-t-elle en lui prenant la main.

Ils s'y rendirent et là, ils firent l'amour. Puis ils parlèrent de leur avenir et de leur souhait d'amener Soriya dans cet endroit.

— Je veux que ma vie soit radicalement différente à partir de maintenant.

— Ce ne sera pas difficile, répondit Riot en faisant courir ses doigts le long de son torse nu. Puisque nous avons l'amour avec nous.

Elle comprit soudain que c'était la vérité. L'amour était la solution à tout. Il changeait les âmes et effaçait la douleur.

Elle sentit que son cœur allait éclater de bonheur.

Ils avaient donné un nouveau sens à leur vie.

Et elle sut sans l'ombre d'un doute qu'ici, à Angkor Wat, elle s'était trouvée.

Avec lui.

Riot Phillips avait enfin fait quelque chose de spontané et, même si la route n'avait pas été facile, cela s'était finalement très, très bien passé.

Épilogue

Il n'y avait rien que Krav aimait plus au monde que de regarder ses enfants courir au milieu des ruines. La famille séjournait à la cabane dans les arbres, le temps des vacances d'été. Il faisait chaud mais tout le monde était joyeux. Et malgré une journée épuisante passée à explorer les montagnes, les petits gardaient une énergie folle.

Adossée à l'une des colonnes en pierre, Soriya lisait un livre. Du haut de ses onze ans, elle ne semblait plus impressionnée par rien. Mais elle adorait toujours les histoires.

— Tu sais, lui dit Krav, c'est ici que j'ai rencontré ta mère.

La jeune fille leva subitement la tête.

— C'est vrai, papa ? Comment ça s'est passé ?

Krav échangea un regard avec Riot qui se trouvait non loin. Il savait qu'il devait inventer une version de l'histoire qui ne mentionnerait pas qu'ils avaient fait l'amour quelques instants seulement après avoir fait connaissance.

— Je l'ai vu, intervint Riot. Et j'ai su tout de suite que nos destins étaient liés.

— Comment l'as-tu su ?

Krav lança un nouveau regard à sa femme, brûlant cette fois-ci. Et il sourit en se disant qu'ils allaient passer une longue et heureuse nuit dans les bras l'un de l'autre. Comme chaque soir depuis qu'il avait choisi l'amour au détriment de la peur.

— Nous avons reçu la bénédiction de la pluie, dit-il.

Et soudain, comme par magie, le ciel s'assombrit et la pluie commença à tomber. Purifiante et parfaite. Leurs quatre enfants se dispersèrent en riant et coururent jusqu'à la cabane pour se réchauffer autour d'un thé bien chaud, comme leurs parents l'avaient fait, des années auparavant.

— Et là, c'était encore le destin ? demanda Soriya en essuyant les gouttes de pluie de son front tout en secouant son livre.

Krav passa son bras autour de Riot et la serra contre lui.

— Oui, je crois qu'avec nous, c'est toujours une question de destin, répondit-il en souriant.

Ce parfum d'interdit, de Michelle Douglas - N°4602

Marjorie Mabel ne connaît que trop bien la querelle assassine qui oppose sa famille à celle des Constantinos. Les deux empires hôteliers se déchirent depuis toujours sur fond de secrets de famille. Hélas, aujourd'hui que sa sœur jumelle a disparu, elle n'a d'autre choix que de solliciter l'aide de Nikos Constantinos pour la retrouver.

Le roi qu'elle aimait, de Natalie Anderson - N°4603

Le destin pouvait-il se montrer plus cruel ? Tandis que l'avion qui devait la ramener chez elle est dévié pour urgence médicale, Elsie comprend que sa destination improvisée ne lui est pas inconnue. Cette île, ces belles villas nichées au creux des falaises, cet imposant palais défiant les éléments… elle ne les reconnaît que trop bien. Il s'agit de Silvabon, le paradis méditerranéen où elle a connu l'amour, puis le désespoir. C'est là en effet que réside Felipe, l'homme qu'elle a follement aimé et souverain du royaume…

Le scandale de minuit, de Kate Hewitt - N°4604

Héritier des palaces Rossi, Alessandro ne supporte pas de voir leur vénérable image s'étioler avec les années. Pour redonner un souffle nouveau à son empire, il est prêt à tout, et même à conquérir une influenceuse futile. Or c'est la sœur de cette dernière qui l'attire étrangement. Liane Blanchard est pourtant une discrète professeure de français qui n'appartient pas au même monde que lui. Que pourrait lui apporter cette innocente créature ? Rien, si ce n'est peut-être le frisson de la conquête…

Séduite par un Vénitien, de Lucy King - N°4605

SÉRIE : *LES FILS PERDUS D'ARGENTINE* - 2/3

Experte en relations publiques, Carla Blake ne se laisse guère impressionner par les hommes puissants. Une règle dicte d'ailleurs sa ligne de conduite : les tenir à distance. Pourtant, lorsqu'une mission la contraint à côtoyer Rico Rossi, elle sent ses résolutions vaciller. Ce loup solitaire est le plus beau spécimen masculin qu'elle ait jamais rencontré, mais le plus redoutable aussi. Saura-t-elle résister à son aura de séduction alors même qu'elle vient d'accepter son invitation à Venise ?

Honneur ou scandale, de Dani Collins - N°4606

SÉRIE : *RELATIONS PRIVÉES* - 1/3

« Je veux que vous ruiniez ma réputation. » Face à la requête de Luca Albizzi, roi de Vallia, Amy reste un moment interdite. Directrice d'une agence de relations publiques, elle a pour objectif de redorer l'image des puissants, de bâtir des épopées à la hauteur des ego de ses clients. Jamais encore on ne lui avait demandé de créer un scandale de toutes pièces ! Mais comment refuser un tel défi lancé par le plus mystérieux des hommes ?

Le rêve d'Hermione, de Jennifer Faye - N°4607

Voilà un an qu'Hermione a été promue directrice générale du Ludus Resort, une luxueuse station balnéaire. Or il s'agit pour elle de bien plus qu'un travail. Sur la petite île grecque, pour la première fois de sa vie, Hermione se sent chez elle. C'est donc avec angoisse qu'elle voit débarquer par une nuit de tempête Atlas Othonos, l'héritier des lieux. D'autant que ce dernier n'a qu'une idée en tête : se débarrasser de l'établissement cinq étoiles. Incapable de renoncer à ses rêves, Hermione est décidée à le faire changer d'avis, par tous les moyens…

La trahison d'un amant, de Julia James - N°4608

Jamais Carla n'a désiré un homme comme Cesare Di Mondave. C'est donc tout naturellement qu'elle entame une liaison avec son sublime Italien. Elle a bien conscience, alors, de piétiner toute prudence. Son amant est un séducteur, et leur relation ne manquera pas de déchaîner la rumeur. Mais comment résister à l'appel des sens ? Bientôt, hélas, Carla comprend que la situation lui a totalement échappé. Car elle a eu la folie de tomber amoureuse de Cesare, qui est sur le point d'en épouser une autre…